Ou le dernier coquelicot

Florence HERRLEMANN

Ou le dernier coquelicot

ROMAN

M+ ÉDITIONS
12 rue de la Part-Dieu
69003 Lyon
mpluseditions.fr

Composition Marc DUTEIL
ISBN : 978-2-38211-174-1

« Je voulais parler de la mort, mais la vie a fait irruption, comme d'habitude. »

Journal de Virginia Woolf, 17 février 1922. L'aventure intérieure» [1996],

Virginia Woolf

L'homme, ce petit monde de folie

Goethe.

(...)

Sommes-nous la romance

Sommes-nous la sécheresse
Sommes-nous la noblesse

Sommes-nous les eaux troubles
Sommes-nous le souvenir

Ou le dernier coquelicot

Sommes-nous / Alain Bashung & Jean Fauque (Album : Fantaisie Militaire 1998)

CHAPITRE 1

Allez, dis-le !

Les deux appliques, qui éclairent la salle de bains, sont insuffisantes les jours de pluie. Tant pis si mon ricil déborde, je m'en contrefiche.

Je me suis empressée de monter le volume de la radio après avoir reconnu les premiers accords de « *Sommes-nous* » d'Alain Bashung. Paradoxe. Aujourd'hui j'aime cette chanson. C'est l'infernale histoire de nos états d'âme. Je ressens également cette vibrante contradiction quand il m'arrive de lire de la poésie ; parfois les mots que l'on lit et qui nous effleurent sont autant de baisers épineux qui nous laissent les chairs ensanglantées. D'autres fois, ils sont l'essence d'une suavité infinie qui nous plonge dans des délices abyssaux. Sommes-nous tous poètes ? Sommes-nous ces âmes errantes à la recherche d'un peu de lumière, ou d'un éventuel salut ? Sommes-nous ce marcheur de Giacometti, qui avance inéluctablement vers sa mort ? En fait, que sommes-nous ? Silence interrogateur…

C'est fou ce qu'il m'arrive. C'est insensé. Même la pluie ne parvient pas à assombrir mon humeur. Je me suis habituée à elle. On s'habitue à tout avec un peu de volonté. Plus rien ne peut m'atteindre à présent, sauf peut-être cette petite joie qui se voudrait grande, grande à me faire sourire, et le miroir de l'armoire à pharmacie me renvoie ce visage réjouit. C'est bon, bon comme une caresse, je prends. Celle qui me regarde avec son air joyeux et ses yeux noirs qui pétillent me fait envie. Cette nouvelle Léonor me plaît. Je prends.

J'ai presque envie de l'embrasser. D'ailleurs, qui pourrait bien m'en empêcher ? Dites-moi, allez, osez me dire que vous n'avez jamais posé votre bouche sur la bouche froide de votre reflet ! Je ne vous croirais pas !

Quelle dinguerie ! Je ne réalise pas tout à fait encore.

Il serait temps que tu réalises ! Tu n'as qu'à le dire à haute voix, le crier, le hurler une bonne fois pour toutes ! Allez, dis-le : je pars ! Il faut que tu te le dises en face, là, droit dans les yeux : Je me casse, je mets les voiles, je me tire, je fous le camp, je m'échappe, m'éclipse, m'éloigne, m'évapore, bouge, décampe, décanille, décarre, dégage, déguerpis, je me débine, déménage, déserte, détale, disparais, je m'embarque, je m'enfuis, je file, plie bagage, je prends congé, me retire et tire ma révérence… Après cela, tu devrais te sentir mieux !

C'est vrai ! Je me sens mieux ! Cette fois, c'est la bonne, je quitte Paris et son cortège de maux. Cet après-midi, j'ai rendez-vous avec le notaire : quelques paraphes et autographes au bas des pages en échange d'un trousseau de clefs, et la maison sera à moi. Les déménageurs viendront vider cet appartement sordide que j'occupe depuis bien trop longtemps. C'est fini, terminé. Fini l'isoloir. La punition est levée. C'est terrible de se maintenir en quarantaine, quand on est tellement nombreux à pouvoir vivre ensemble. Quel étrange paradoxe, encore ; on passe nos jours à croiser des centaines de personnes, à se mêler à eux, à se frôler, se sentir, se regarder, se dévisager, se toucher, se haïr, se désirer, mais aucune de ces interactions n'aboutit, on s'astreint à rester seul. Éperdument seul. Chacun œuvre à entretenir cette solitude, c'est un fait avéré. Quelle est donc cette civilisation désenchantée, déshumanisée à laquelle j'appartiens ? Et Bashung encore : « Terre promise, redis-moi ton nom ! Dis-moi en face que tout s'efface ! Sommes-nous la noblesse, sommes-nous les eaux troubles, sommes-nous le souvenir ? »

Un coup d'éponge sur le tableau, le rendre noir, vide. Retour au néant. On recommence tout. On provoque un nouveau big-bang. Tout est à créer, tout est neuf, tout est à nouveau possible.

Je recommence avec tout ce que je trouverai. Ça ira.

CHAPITRE 2

Dans une maison, un homme…

Le type est encore passé. Marianne, tu l'as vu ? Marianne, tu ne réponds jamais. Le type est encore venu. Il était avec une femme. Ils ont fait le tour de la maison, se sont arrêtés un moment dans le verger. Notre verger. Lui, a touché les arbres comme s'il savait tout d'eux. Son comportement, il était étrange, il en faisait des caisses, tu vois ? Il a arraché une pomme et l'a donnée à la femme. Elle, elle l'a prise avec un sourire gêné, l'a frottée sur son pull-over et a croqué dedans voracement. J'ai eu mal pour la pomme. Sa bouche immense. Cette femme, grande, avec cette drôle de chevelure. Marianne, tu m'entends ? Jack était là aussi, il les a suivis, un temps, puis quand il en a eu assez il est revenu se coucher sur le perron. Jack avait l'air tranquille, alors je ne me suis pas fait plus de mouron que ça. Tu sais, il est déjà venu le type, avec d'autres gens, il y avait même des gosses une fois. Puis ils s'en vont et ne reviennent pas. Mais elle, tu sais, elle, elle a caressé longuement la pierre de la maison, elle a regardé partout avec toujours ce même sourire. Elle, Marianne, elle, elle me fait peur. On va laisser passer la saison, puis les autres, on ne peut rien contre ça. Je sais que tu me reviendras avec l'une d'elles. J'ai gardé le souvenir de toi tout contre mon cœur. Je ne bougerai pas.

Tout le monde pense que je ne suis plus là. Ils m'ont oublié, ils nous ont oubliés. Je ne sais pas ce qu'il se trame ici. Je ne dois pas m'inquiéter, parce que je sais qu'à ton retour, ils partiront tous. Tu sais, je ne dors pas, je rêve en t'attendant. Je fais des rêves d'amour. Je ne fais que rêver de toi, Marianne. Je te revois quand tu traversais en courant les champs de blé. Tu riais comme une petite fille. Sur mes épaules, une enfant de deux ans, blonde, comme toi, riant comme toi. Le soleil de la fin du jour, qui s'agrippait encore un peu à la cime des arbres rajoutait de l'or à vos cheveux, de l'or dans vos yeux. Le vent doucement couchait les blés pour honorer notre passage. Tu te souviens Marianne, quand nos mains se retrouvaient, quand nos doigts s'entrelaçaient ? Tu ne réponds jamais. Il y a aussi les autres moments, tu sais, le ton qui monte, les verres qui se brisent, nos éclats de colère partout sur les murs. Nous étions aussi capables de nous haïr avec talent. Les mots, tranchaient comme des couteaux de boucher. Les gorges, serrées. Les cœurs, lacérés. Ta main qui claque, laissant une cuisante chaleur sur ma joue. Mon poing ensanglanté, son empreinte dans le mur. Tes yeux embués. L'enfant qui pleure et file se réfugier tout contre Jack. La terre qui s'ouvre en deux, qui nous sépare, nous fractionne encore. Marianne, tu m'entends ? Tu ne réponds jamais. La femme, elle est restée assise un moment dans sa voiture. Là, devant la maison. Un long moment. Puis elle est sortie avec un petit sac en papier. Elle s'est installée dans le verger. D'ici, je vois tout, ou presque. Elle a déplié une couverture.

Elle s'est coiffée d'un chapeau de paille. Elle a sorti un bout de pain, une bouteille d'eau. Elle a mangé. Elle a donné le gras du jambon à Jack. Il était près d'elle. Il a l'air de bien l'aimer. Elle a l'air gentil. Elle avait un carnet dans lequel elle prenait des notes. Elle portait une chemise blanche qui ressemblait à celle que tu mettais parfois. Tu sais cette chemise, dont le tissu si fin laissait transparaître ta peau, je te parle de celle avec les jolies broderies sur les manches, sur le col. Elle était légèrement ouverte sur sa poitrine, une poitrine d'adolescente. Comme toi. Des seins petits, comme toi. La brise douce dansait dans ses cheveux longs, dans sa drôle de chevelure. Ils ondulaient. C'était joli à regarder. Je n'ai pas vu son visage précisément, je ne sais pas si elle est belle.

Je sens qu'elle va revenir. Je sens qu'elle aime l'endroit. Notre maison. Tu sais, hier soir, encore, j'étais triste. J'ai cogné les murs pour faire sortir la peine et la rage que provoque ton absence. J'ai crié jusqu'à plus de souffle, jusqu'à ce que je renonce et laisse la nuit me voler. Je n'ose plus trop aller dans les autres pièces de la maison. Je me retrouve le plus clair du temps dans mon petit bureau à l'étage. Mon asile, mon refuge si bien dissimulé derrière ce mur de briques. Cette pièce secrète dans laquelle sont nés mes romans. Mes terreurs, comme tu les appelais en te moquant gentiment. Je donnais le change en te souriant, et malgré la peine que cela me faisait, je te pardonnais parce qu'au fond je sais combien leur lecture t'était pénible. Tu n'as jamais eu d'attirance pour le thriller. Pourtant j'ai connu grâce à eux de jolis succès. Il y a ce huitième, sur lequel je travaillais et que je n'ai pas terminé. J'en ai arrêté l'écriture quand tu es partie. C'est pour cette raison que je n'ai pas répondu à mon éditeur quand il a frappé à la porte. Il insistait, je n'ai pas bougé. Je l'observais discrètement depuis l'œil-de-bœuf de ma planque. Il a crié mon prénom à plusieurs reprises. Plus tard, j'ai trouvé le petit mot qu'il avait écrit et glissé sous la porte.

Un mot court, comme une urgence, comme une prière. Il disait qu'il était inquiet de ne plus avoir de nouvelles. Que la messagerie de mon portable était saturée. Qu'il attendait toujours mon manuscrit. Que je le rappelle ! Surtout que je le rappelle ! Je ne l'ai pas regardé partir. J'étais trop ému d'entendre sa voix. Lui, l'ami, venu de Paris jusqu'ici avec l'espoir de me trouver. Il était comme ce visiteur marchant dans les allées du cimetière jusqu'à la muette sépulture, et, qui s'en retourne seul, le cœur lourd de toutes ces choses qu'il avait à dire et qui à peine murmurées dans le silence du monde, s'étiolent dans l'air comme les volutes d'une cigarette. Je ne sais pas depuis combien de temps exactement j'erre ici. L'eau et la lumière ont été coupées. Mon portable est déchargé depuis des lustres. Peut-être as-tu essayé toi aussi de me joindre. Peut-être pas. Je ne fais que t'attendre dans cet endroit devenu sombre et je m'y suis tapi comme une bête blessée. Je ne sais plus à quoi je ressemble, Marianne, tu entends ? J'ai peur de me croiser dans le miroir de notre salle de bains et de ne pas me reconnaître. Alors je reste là. Je sais que tu me reviendras, un jour ou l'autre.

La femme s'était allongée sur sa petite couverture, le chapeau de paille recouvrait complètement son visage. Jack était couché près d'elle. Plus tard, quand elle s'est relevée, elle lui a donné à boire dans le creux de sa main. Jack a bu. Elle est remontée dans sa voiture et s'en est allée. Jack l'a regardée partir.

Je vais encore voler un œuf à la ferme d'à côté. C'est comme cela que je me nourris depuis que tu es partie. Il y avait aussi du pain dur dans une cagette près du poulailler. J'attends que la nuit vienne. Le vieux se couche tôt. Je connais ses habitudes. Il ne s'en apercevra pas. Un œuf en moins, ça ne se remarque pas.

CHAPITRE 3

Famille sans « M », se lit faille

J'étais déterminée. J'avais atteint le point de non-retour avec une acuité déconcertante. Consciente, infiniment consciente et responsable de ce terrible gâchis. Ma vie ressemblait à ce tas de sacs-poubelles voués à finir dans une de ces usines d'incinération. Tout ça, je l'avais forcément désiré. J'étais l'auteure de ce grand rien. Je l'ai entretenue ma solitude, avec une application quasi mystique. Je l'ai nourrie, cajolée, écoutée, aimée à la folie, jusqu'à ce que ma vie et celle de l'humanité entière me deviennent insupportables. Et comble de tout, je n'étais sûrement pas la seule à être atteinte de cette pathologie. Était-ce une espèce de misanthropie aiguë ? Cela se soigne-t-il ? J'avoue ne pas avoir lésiné sur les moyens, si bien que je n'étais plus capable de me regarder dans un miroir sans que cela me donne la nausée. Il fallait bien mettre un terme à tout ce merdier. Je n'y aurais pas survécu. Je ris. C'est absurde. J'aurai pu choisir de me laisser aller doucement, et doucement me fondre dans une sorte de léthargie mortifère pour finir dans un hôpital psychiatrique, ma folie sanglée dans une camisole chimique, comme ma mère. J'avais choisi l'autre option. Celle pour laquelle avait opté mon père. Cet inconnu qui a préféré se foutre en l'air avec sa voiture, alors que j'étais sur le point de voir le jour. Mais, foncer dans un platane à tout berzingue ne m'attirait pas vraiment.

Non, bien sûr ! Tu as trop peur de te rater. L'idée n'est pas de te retrouver allongée dans un lit d'hôpital, branchée à des machines qui te retiendraient prisonnière d'un corps inutile, voire quasi mort. Et la douleur, tu y as pensé ?

Je ne sais pas gérer la douleur physique. J'ai peur d'avoir peur d'avoir mal.

C'est la sœur aînée de ma mère, Tatiana, qui s'occupait de moi pendant les vacances, les grandes comme les petites ; le reste du temps, je le passais dans un pensionnat sordide, où sévissaient des religieuses névrosées. Totale absence de la moindre particule de joie. Joie. Ce mot, je ne l'ai compris que très tardivement. Peut-être quand j'ai emménagé dans cette minuscule chambre de bonne au 7e étage d'un immeuble en pierre de taille qui faisait face à la Comédie Française. Ironie du sort, encore. Tatiana m'avait aidée à m'installer. L'endroit était plutôt spartiate, mais vivable. Elle veillait à ce que je ne manque de rien. J'ai encore cette vieille couverture dans laquelle je m'enroulais durant les longues et glaciales nuits.

Sous les toits, l'été on crève de chaud, l'hiver, de froid. On crève…

J'avais prévu deux flacons de somnifères, une bouteille de vodka et le CD de Bashung : « Fantaisie militaire ». Dans mon sac à main, mes papiers d'identité, ma carte bancaire, mon harmonica, et quelques effets exclusivement féminins. Ensuite, je suis montée dans la voiture. J'avais fait le plein d'essence la veille. Avec moi, mon téléphone portable, juste pour qu'il me serve de GPS. De toute façon, je n'ai personne à appeler et personne ne m'appelle jamais. La veille, à l'heure du déjeuner, je m'étais assise sur un des bancs qui ornent le square en face du cabinet d'expertise comptable dans lequel j'avais travaillé presque deux décennies. Dans une main, un sandwich dans lequel je mordais avec frénésie tandis que de l'autre je dépliais une carte routière posée sur mes genoux. L'idée morbide, mais non dénuée d'humour, qui ne me quittait plus me poussait à choisir un lieu agréable pour en finir en beauté ! Pourquoi choisir ? – avais-je conclu au bout de quelques minutes – j'ai fermé les yeux, j'ai posé mon doigt au hasard. Alea jacta est ! je finirai plus au Sud ! ça aurait pu être pire ! Cependant, l'idée de commettre l'acte en pleine ville n'était pas des meilleures, on m'aurait découverte trop vite, alors je décidai de me perdre dans la campagne alentour : de toute évidence on m'y trouverait, mais pas trop tôt. J'imaginais la scène : ma voiture garée au bord d'un champ dans le petit matin. La terre serait drapée dans un épais brouillard à travers lequel joueraient les premiers rayons du soleil. Un paysan furibond descendrait de son tracteur et viendrait cogner à la vitre de la portière pour que je dégage l'entrée de son lopin de terre. Ensuite, je serai loin, je serai autre, ou ne serai plus. Qui sait ?

*

Je venais de donner mon préavis au propriétaire. Il ne m'a posé aucune question et ne semblait pas perturbé outre mesure par mon départ. Compte tenu de la crise du logement à Paris, nous savons, lui comme moi, qu'il le relouera facilement, même s'il est moche, triste et sombre.

Lors de mon premier départ avorté, je n'avais pas pensé à ce que pourraient devenir toutes mes affaires. L'amoncellement de cartons au centre de la pièce m'apostrophe. Comment ai-je pu accumuler tant d'objets ? Je ne suis pas sûre de les rouvrir un jour. Je les emporte, un peu forcée, mais une fois dans la nouvelle maison, rien ne m'oblige à les déballer. Ils finiront au grenier. Par sécurité, voyageront avec moi les affaires auxquelles je tiens, on ne sait jamais, si le camion des déménageurs n'arrivait pas. Il y a les livres de chevet : Mémoires d'Hadrien, Le Portrait de Dorian Gray, Le Grand Meaulnes, Les Vagues, entre autres… De ma garde-robe, j'abandonne les vêtements austères que je portais pour aller travailler. Je ne garde que mes vieux jeans, mes pulls déformés, usés jusqu'à la trame mais tellement confortables. Mes affaires de toilette. Un peu de vaisselle, mais aussi quelques photos, des documents administratifs, mon harmonica et le jouet d'Anatole. La petite souris verte… J'ai accepté qu'on l'euthanasie.

Dix-sept ans, pour un chat c'est vieux, t'avait dit le vétérinaire. Il fallait mettre un terme à ses souffrances ; et puis, il y a ce chien là-bas, il te fait penser un peu à lui.

Oui, c'est exact, il a un peu la même intensité dans le regard. L'agent immobilier m'a dit qu'il attendait le retour de sa maîtresse, l'ex-locataire. Monsieur François m'a assuré qu'elle ne reviendrait pas le chercher. Il est gentil, et serviable cet homme. Il s'appelle Robert. Robert François.

Un dimanche sur deux, Tatiana m'invitait dans un des salons de thé de la rue Saint-Honoré. Je me souviens combien je m'empiffrais de gâteaux. Un dimanche, j'avais fait l'impasse sur les fameuses pâtisseries. Elle comprit que quelque chose n'allait pas et je lui avouai honteusement mon désir de ne plus poursuivre mes études et celui de travailler pour gagner ma vie. La semaine suivante, elle me présenta Bernard Plotin, une vieille connaissance pour qui elle semblait avoir une grande affection. L'homme était expert-comptable, et son cabinet jouissait d'une jolie notoriété. Cependant, il était laid, gras, veuf et riche. Les deux derniers adjectifs avaient incontestablement séduit ma tante qui ne se cachait pas d'avoir un penchant prononcé pour cette catégorie d'hommes. Je leur soupçonnais une liaison, mais je veillais à ce que les images de leurs fornications ne passent pas le seuil de mon imagination. L'idée me révulsait.

Le père Plotin avait associé ses deux fils à son affaire et, c'est à l'aube de mes vingt ans que je devins leur secrétaire bonne à tout faire. Vraiment à tout faire. J'ai vécu la passation ante mortem, les disputes, surtout avec Gérard, l'aîné, que l'on surnommait sans qu'il n'en sache rien, « la hyène enragée ». Il haïssait son père et récusait en bloc chacune de ses décisions. Un soir, j'ai bien cru qu'ils allaient en venir aux mains. Ensuite, il y a eu les disputes post-mortem entre les deux frères. Julien, le cadet, excellait aussi bien dans les domaines du calcul que dans le profit et la perfidie. Il était également doué pour réduire « l'autre » à peu de chose, voire rien du tout.

Un soir, il entra brusquement dans les toilettes, alors que je finissais de me laver les mains. Je me retrouvai bloquée contre le lavabo, jupe relevée, culotte sur les genoux. J'eus à peine le temps de réaliser ce qui m'arrivait, que déjà, il s'agitait en moi avec la brutalité d'un animal en rut. Ses deux mains malaxaient violemment mes seins. Ma tête cognait contre le miroir au rythme de ses coups de reins. Entre deux râles, il m'inondait d'insultes, et me reprochait, entre autres, ma jupe trop courte, ma poitrine trop saillante, mes lèvres trop humides. Puis il grogna comme un porc, s'essuya, remit sa chemise dans son pantalon, remonta sa braguette et me souhaita une bonne soirée, en me laissant, là, comme si rien ne s'était passé. Deux minutes d'une profonde humiliation.

Et bien sûr, tu n'as jamais rien dit sur ces viols répétés, comme tu as tu les injures, les gestes déplacés, et tous les autres types d'outrages que tu subissais du lundi au vendredi depuis des années.

J'avais honte, alors j'ai encaissé en silence jusqu'à ce que je perde le peu d'estime qu'il me restait. Jusqu'à me gommer complètement, comme on peut le faire d'un dessin sur une feuille. Je me suis effacée. J'ai travaillé dur sans jamais oser me plaindre. Je gagnais ma vie, pas très bien, mais j'avais peu de besoins. Je vivais seule avec Anatole. Je survivais et je m'interdisais de geindre. Je vivais en apnée, proche de l'asphyxie. Parfois dans le métro, le temps des huit stations pour rejoindre le cabinet, j'observais les hommes et femmes qui se trouvaient dans la même rame que moi. Entre deux stations, je m'évertuais à imaginer leur vie, celles des femmes surtout. Mais comment faisaient-elles ? Comment s'y prenaient-elles pour aimer et être aimées, avoir des enfants, des amants, des maîtresses, des amis ? Comment géraient-elles leurs emmerdements, leurs fins de mois dans le rouge, leur famille, leurs règles douloureuses, les simulations orgasmiques et les fantaisies perverses de leur mari ? Comment s'y prenaient-elles pour supporter à longueur d'année l'impossible poids du patriarcat, leur job souvent alimentaire, leur patron despotique, leurs collègues jaloux ? Comment faisaient-elles pour que tous les rouages ne se grippent pas et que la machine continue de fonctionner ?

Où trouvaient-elles l'énergie pour gérer à la fois le ménage, les lessives, les couches, les rhumes, les repas différents chaque soir, les cinq à sept dans des hôtels minables ? Où puisaient-elles la patience d'attendre sans broncher dans les salles d'attente, dans les embouteillages, les halls de gare, les administrations ainsi qu'aux caisses des supermarchés ? Comment géraient-elles les crises avec leurs adolescents, leur mère, leur mec et leurs voisins ? Comment faisaient-elles pour rester souriantes durant les longs et pénibles repas de famille indifférentes aux remarques désobligeantes de leur belle-mère acariâtre ? Où trouvaient-elles le courage d'accepter la contrainte d'actes de chirurgie plastique pour continuer de plaire ? Et le calme de ne pas craquer quand les collants neufs se filent une demi-heure avant un rendez-vous important. Où trouvaient-elles l'aplomb de braver le regard pervers du gynécologue et l'arrogance de la jeune vendeuse de fringues hyper branchée ? D'où leur venait la force de continuer de vivre à ce rythme infernal sans jamais se plaindre ? Comment trouvaient-elles le repos quand en congé dans les clubs de vacances, elles tombaient sur leur supérieur hiérarchique en slip de bain moulant, adipeux et luisant au bord de la piscine pleine de tous ces gens que l'on croise, bouscule, frôle, regarde, dévisage, déteste, désire, ignore, juge, maudit, remercie ou insulte dans les couloirs du métro tout au long de l'année ?

Toutes ces questions me donnaient le vertige. Je ne savais plus très bien si ce que je ressentais était de l'envie ou de la compassion. En fait, je ne mesurais pas ma chance, si c'était de chance qu'il était question… ! Je n'avais pas d'ami, pas d'amour, pas d'enfant, pas de famille à aimer. Elle était là la fissure : famille sans « M », se lit : faille. Je devais être née sans cœur. Sans la case formatée qui va bien. Oui, mais j'étais libre. Même si l'on nous apprend que le bonheur n'est réel que s'il est partagé, on ne peut absolument et définitivement être libre qu'en étant seul.

Libre de faire n'importe quoi. Et ce n'est pas si mal.

Sur un coup de tête et pas de cœur, et parce qu'il fallait bien que je me loge rapidement, j'avais signé un bail de neuf ans – aux grands maux, les grands remèdes – pour un petit deux-pièces, porte de Clignancourt. Il fallait que je rende la chambre de bonne de la Comédie Française qui venait d'être vendue.

Dans le nouvel appartement, la chambre et le salon m'offraient une vue imprenable sur le périphérique. Il y avait sûrement plus sinistre, mais je n'avais pas pris la peine de chercher… Le samedi, parce que c'était à deux pas de chez moi, j'allais flâner dans les allées du marché Biron, plus communément appelé les Puces de Saint-Ouen. Je revenais toujours avec une vieillerie sans intérêt que j'entassais dans un carton.

Demain, elles se retrouveront sur le trottoir, offertes aux amoureux des vieilleries sans intérêt. Ces objets, vieux, souvent moches et inutiles étaient là pour remplir ce vide immense que je n'ai jamais comblé. Je ne vais pas m'apitoyer sur mon sort, c'est trop tard, ça ne servirait à rien, vraiment.

Tatiana est morte le mois dernier d'une pneumonie. Elle est morte en s'étouffant. Ironie du sort. J'étouffais depuis des lustres, et c'est elle qui en meurt ! Parfois, j'ai le sentiment que là-haut on nous observe et qu'on se paie notre tête ! Quand on m'a prévenue, je n'ai pas réussi à pleurer. C'est affligeant, je sais. J'étais quand même triste. Aux obsèques, je suis restée discrète, quelques personnes m'ont serré la main en me présentant leurs condoléances. Une femme, une certaine Delphine, au regard bienveillant m'a proposé de les accompagner à une collation qu'elle avait organisée en l'honneur de ma tante. J'ai décliné poliment l'invitation et suis rentrée me coucher. J'ai attendu que la nuit passe. Comme les trains. Tatiana, pardon. Elle m'a légué une belle somme d'argent, sa vieille voiture et un album photo avec des visages que je ne connaissais plus, que je ne connaissais pas.

Ma mère était belle, Mon père aussi. Dommage.

*

Je voulais passer rapidement devant certains châteaux de la Loire, j'ai vu tellement de reportages sur eux, mais je ne les ai jamais visités. Je n'ai jamais bougé. J'allais avoir de la route à faire, l'idée me convenait parfaitement.

Puis, j'ai réalisé avec effroi que je n'avais plus reconduit depuis que j'avais obtenu mon permis. Alors j'ai pris un taxi. Salvatore, le chauffeur a ri quand je lui ai dit que je voulais qu'il me rappelle quelques règles rudimentaires du Code de la route. Nous avons roulé longtemps dans les rues et les avenues parisiennes. Dans le rétroviseur, son regard. Souvent. Des yeux verts, magnifiques. Il me posait des tas de questions sur la limitation de vitesse à adopter dans telle ou telle situation, sur les sens giratoires, obligatoires ou interdits, sur les rues à sens unique, les impasses ou culs-de-sac, les ronds-points et leurs priorités absurdes. Un cours magistral qui m'a permis de récupérer les bases fondamentales qui m'assureront d'arriver à bon port. À la fin, mon professeur, à l'accent chantant, a voulu que nous allions boire un verre. En quittant sa voiture, je lui ai tendu un joli pourboire. Il a insisté un peu. Souriante, j'ai refermé la portière.

Je me sentais prête à affronter la route et à pouvoir faire avancer l'engin sans problème majeur. Je me souviens parfaitement de l'état dans lequel je me trouvais. Par chance, ce jour-là, il ne pleuvait pas. La chaussée n'était pas glissante et je n'avais pas besoin de faire fonctionner les essuie-glaces. Ils ont sur moi un effet hypnotique. Puis on voit moins bien quand il pleut, c'est dangereux de conduire sous la pluie. J'ai ri. Je sais aussi être drôle ! Même si je partais pour mettre un dernier point à mon existence, je voulais arriver à ma destination finale entière et sans bobo. Rien ne me ferait changer d'avis ni les centaines de milliers d'euros qui se retrouvaient à présent sur mon compte bancaire ni le printemps qui pointait le bout de son nez. Rien

CHAPITRE 4

Notre maison, comme un tombeau

La nuit précédente, je suis retourné dans le studio de répétition. Je ne sais pas comment j'ai fait. Je me suis juste retrouvé devant la porte. Je l'ai poussée, je suis rentré. Il y avait des draps sur tous les instruments de musique. Ils étaient des fantômes. Ton studio n'est plus qu'un mausolée, Marianne. Parfois, des notes montent et dansent dans ma tête. Ta voix, magnifique. J'entends encore des bribes de cette mélodie que tu chantais. L'enfant n'était jamais loin, elle balançait son petit corps en rythme, elle n'avait d'yeux que pour toi.

Cette fois, tu sais, ça a l'air sérieux. Tous les jours, quelqu'un vient. Il faudrait que tu me prennes la main, Marianne, juste un instant. Il faudrait que tu me dises que tout ça n'est pas vrai, qu'il est juste question de déraison, que ce n'est que le fruit de mon imagination malade. Dis-moi que je vais finir par me réveiller et que tout sera comme avant.

Ce matin, deux hommes sont venus avec tout leur attirail. Ils ont fait rugir tondeuse et débroussailleuse. Notre jardin n'est plus ce qu'il était. Nous aimions tant son côté sauvage. Te souviens-tu de cet après-midi, alors que nous avions abusé du rosé, tu étais assise tout contre moi ? Nous étions sur la petite butte, et face à nous, les collines. J'avais doucement glissé ma main entre tes cuisses. Juste pour te sentir, juste pour que tu sentes avec moi monter le désir. Nous sommes restés là, les yeux dans le lointain, comme pour nous apprivoiser, soudés l'un à l'autre, incapables de bouger. Ensuite, la nuit venue, je m'en souviens, nous avons fait l'amour jusqu'à l'aube. L'enfant n'était pas encore là. Tu sais, ils ont enlevé sa balançoire et planté des arbres à la place. Ils n'ont pas touché à la glycine, si tu voyais toutes ces grappes ! Des centaines de petites fleurs blanches. Et son parfum, Marianne, son parfum m'arrive jusque dans ma cache !

Jack est bizarre, il tourne autour de la maison toute la journée. Il sent que quelque chose se prépare. J'ai peur, tu sais. Il faudrait que tu rentres maintenant, que vous rentriez toutes les deux. L'enfant a dû changer, ils changent vite à cet âge. Va-t-elle me reconnaître ? Elle te parle de moi ? Est-ce que je vous manque ? Tu ne réponds jamais. Hier encore, à la nuit tombée, je suis allé voler un œuf. C'est ce qui me permet de tenir. À ma grande surprise, il y avait encore de la lumière dans la pièce du bas. Alors je me suis approché doucement, le vieux n'était pas couché. Il était assis dans son fauteuil, près du feu mourant. C'est vrai qu'à cette saison, les nuits sont encore fraîches. Dans ses mains, il tenait le portrait d'une femme. Il la regardait, ses lèvres remuaient. Il devait lui dire ces choses, tu sais, celles que l'on n'a pas eu le courage de dire quand l'autre était encore là. Il m'a ému. Je suis rentré. Je me suis laissé emporter par la nuit. C'est le bruit qui m'a fait revenir. C'était à nouveau le jour. Des pas dans l'escalier. Des voix fortes d'hommes. Je ne sais pas ce qu'ils fabriquent. J'attends que tu reviennes. Je ne bougerai pas. Il y a des odeurs de peinture, de détergent, de white-spirit. Ça tape dans les murs. Alors j'ai moi aussi tapé. Ça n'a rien changé. Alors j'ai crié, crié très fort. Il y a eu le silence puis le bruit d'une voiture qui démarre en trombe dans le chemin et le crissement des pneus sur le gravier. Ensuite, plus rien. Quand le jour s'en est allé, je me suis allongé dans notre jardin devenu autre, j'ai admiré l'immensité du ciel et sa pléiade d'étoiles. L'une d'elles a filé en laissant des traînées scintillantes. Je n'ai pas pensé à faire un vœu, je me suis juste souvenu de cette soirée. Tu sais ce concert que tu avais donné dans cette immense salle parisienne. Ton arrivée sur scène. Le noir d'abord, puis les applaudissements. Les musiciens à ta suite. Tu t'es assise derrière le piano, souriante, mais je sais que tu avais le trac. Les premières notes, un faisceau lumineux qui n'éclairait que toi, les cris qui montent de la fosse, ensuite, ta voix. Des milliers d'yeux braqués sur toi, autant de bras levés. Moi, dans les coulisses, pas très loin. Je me souviens : les vibrations de la basse le long de la colonne vertébrale, les coups de caisse claire qui tapent sur le plexus. L'énergie qui envahit l'entièreté du corps. La musique est un vecteur d'émotion de toute puissance, et cette force magnétique me transporte encore.

Je les vis toujours ces moments, tu sais, ils vivent encore en moi, pour toi, pour nous. Sur le mur de ma pièce à écrire, mon asile, avec mon ongle j'ai gravé ton profil, le gauche, ma préférence. Je le caresse souvent de mon doigt, lentement je descends sur l'arête de ton front, celle de ton nez, je marque une pause sur l'ourlet de ta lèvre, puis ma main tombe, et je tombe aussi, la chute semble être sans fin. Je reste coincé là, entre quatre murs comme dans un tombeau. Il y a ce lit de camp, cette table, ces cahiers que j'ai noircis d'histoires sombres. Mes livres sur les étagères et dans un cadre, ton sourire. Marianne, ton absence me tue.

Reviens.

CHAPITRE 5

Choisir quand et comment on s'en va…

Voilà, j'y étais. La cinquième enclenchée, j'avalais des kilomètres de bande noire sans vraiment m'en rendre compte. Finalement, ça n'était pas si compliqué. Il me suffisait de donner un petit coup d'accélérateur pour doubler un camion, là, j'en profitais pour rester un peu sur la file du milieu, jusqu'à ce qu'un fou du volant me fasse des appels de phares pour que je me rabatte sur la droite, et de nouveau je me retrouvais derrière un autre camion que je doublais encore et encore. Même si j'avais l'impression d'avoir passé ma vie au volant, je reconnaissais manquer réellement d'assurance pour oser pousser la bestiole à plus de cent dix au compteur. En réfléchissant à la raison qui m'avait conduite derrière ce volant, j'éprouvais un sentiment de liberté. Au fond, c'est aussi ça être libre : choisir quand et comment on s'en va.

Seule, c'est tout de même plus simple. Je n'ai pas eu besoin de laisser de lettre. Je n'ai rien eu à expliquer, rien à justifier. Je ne ferai de peine à personne. Je me fiche éperdument de savoir s'il y a « un après ». Quoi qu'il en soit, ça ne peut pas être pire. J'aime le croire. J'ai fait une halte pour donner à boire à la machine et prendre un café. En regardant les gens dehors avec leur gobelet en plastique et leur cigarette, j'ai eu une subite envie de fumer. Je me suis donc acheté un paquet de blondes. Un caprice bizarre. Je crois que j'avais essayé à la fac, pour faire comme les autres, pour utiliser les mêmes codes, mais ça n'avait pas fonctionné, puis c'était un luxe qu'à l'époque je ne pouvais pas me permettre. Mais là, c'était différent. J'avais de l'argent. Alors j'ai bu mon café, dehors comme les autres, en fumant clope sur clope. Je me suis arrêtée parce que la tête me tournait et qu'un drôle de type me regardait avec insistance. J'ai jeté le gobelet et suis revenue à la voiture. J'ai quitté l'aire. De nouveau les grandes bandes noires. Le paysage autour. Joli, mais sans transcendance aucune. Les voitures qui tracent, les camions en file indienne, quelquefois énormes, gigantesques. Ils m'angoissent, en les doublant, je pense systématiquement à ce film de Spielberg : *Duel*.

Il y a aussi les panneaux, trop nombreux, je n'ai pas le temps de tous les lire. La voix masculine du GPS me perturbe en m'annonçant trop à l'avance la sortie à prendre, du coup j'ai peur de la louper.

Malgré cela, il me semble que j'aurais pu conduire des heures, des journées entières sans m'arrêter. J'avais la tête vide. J'avais remplacé « Fantaisie militaire » par « les Partitas » de Bach, pour que Bashung qui avait tourné en boucle depuis mon départ puisse reposer sa voix. De temps en temps, une note faisait ressurgir un souvenir, une image, des voix. Rien qui mérite d'être évoqué. Des pensées furtives, idiotes. Des pensées fugitives. Ne pas oublier de jouer un peu de l'harmonica avant de dormir pour toujours. La voix du GPS me pria sèchement de prendre la prochaine sortie.

Changement de décor. Des nationales, des départementales, des champs, des villages traversés sans y prêter vraiment attention. Je restais déterminée. Soudain, un chien traversa la route. J'ai pilé. Personne derrière moi. Grosse frayeur. J'ai respiré profondément et redémarré. Encore des nationales, des villages traversés plus lentement. Prudence oblige. Les chiens sont imprévisibles. Une auberge juste après le feu tricolore. Une fringale imaginaire m'a poussée à m'arrêter.

Je suis sortie de la voiture. La fille qui m'a accueillie devait avoir une quinzaine d'années. Visage ingrat ravagé par une acné agressive. La malheureuse se mettait à rougir à chaque mot que je prononçais. Sûrement la fille des patrons. Elle m'a invitée à la suivre. Je suis entrée dans une salle de restaurant quasi vide, très sombre, à la décoration passée. À une table au fond, un couple de vieux déjeunait sans s'adresser la parole. La vieille qui me faisait face me scrutait de la tête aux pieds. La jeune fille m'a proposé une table pour deux. Je l'ai remerciée en prenant place, elle s'est mise à rosir de nouveau, j'étais presque plus gênée qu'elle. Sur la nappe bordeaux, un menu : l'embarras du choix. Les cloches de l'église ont sonné treize heures. Comique, je n'étais pas superstitieuse. Je n'avais pas imaginé mon dernier déjeuner dans un endroit si laid. Je suis gâtée. La fringale a disparu. J'ai commandé un verre de chablis et une omelette aux cèpes. J'avais les champignons en horreur. Je voulais en être sûre pour ne rien regretter.

*

En sortant de chez le notaire, clefs en main, j'ai décidé de fêter ma première acquisition en m'installant à la terrasse d'une brasserie qui faisait l'angle. Il n'était pas loin de dix-huit heures. J'ai commandé une coupe de champagne, et allumé une cigarette. Je fume maintenant. J'aime assez ça. Ne pas oublier de rappeler l'agent immobilier pour régler deux ou trois trucs avant d'arriver. Robert est attentionné, c'est vrai, mais un je-ne-sais-quoi me dérange chez lui. Je suis consciente de tout ce qu'il fait pour moi, ce n'est pas coutumier, c'est ce qu'il m'a dit. Habituellement, les agents immobiliers se contentent de vendre un bien et d'empocher leur commission. Il a peut-être le béguin pour moi. Ce n'est pas réciproque, pas du tout, mais ça ne me dérange pas plus que ça, pour l'instant.

J'ai croisé mon reflet dans la vitrine d'un magasin tout à l'heure. J'ai souri parce que la fille était belle. Je n'aurais jamais imaginé être capable de penser ça de moi. Il se passe quelque chose. Comme si j'étais passée dans une autre dimension. J'ai eu quarante ans la semaine dernière. Des centaines de personnes ont eu quarante ans la semaine dernière. C'est drôle. J'aimerais bien croiser l'un de ces nouveaux quadragénaires, juste pour savoir ce qu'il ressent, s'il est content de ce nouvel âge, ou si, comme moi, il s'en moque. Peu importe, n'empêche que quarante ans, c'est jeune. Ça me laisse un peu de marge, un peu de temps pour m'essayer à autre chose qu'à la mélancolie. Peut-être que j'aimerais entendre rire mon âme. Sait-elle au moins rire ?

Le serveur revient avec une bouteille de Veuve Clicquot, dommage que ce ne soit pas un Cristal de Roederer. Il remplit la flûte, et dépose sur le guéridon un petit bol d'olives vertes. Je les préfère aux noires. Je suis vernie. J'avale lentement une gorgée de bulles dorées. Des gens passent, certains me jettent un coup d'œil. Je souris à ceux-là. Parfois, ils répondent à mon sourire. Je suis légèrement ivre. Légère, pétillante. C'est bon. Une coupe, une autre.

CHAPITRE 6

Prénom : Robert. Profession : Agent immobilier

Cette idiote de coiffeuse m'a encore tondu la nuque et trop dégagé derrière les oreilles. Non, mais de quoi j'ai l'air maintenant ? Ce n'est pas de chance, Léonor arrive demain, et mes cheveux n'auront pas le temps de repousser ! Je vais être mal à l'aise, c'est sûr. C'est bien fait pour moi, je n'avais qu'à prendre la voiture pour aller jusqu'à la ville et confier ma tête à un coiffeur digne de ce nom, bon sang ! J'hésite entre la chemise noire et la blanche. J'ai demandé à Cécile qui m'a dit qu'avec mes cheveux poivre et sel, il serait plus judicieux de choisir la noire, je lui fais confiance. Je porterai mon jean gris. Même si elle est furieusement jalouse que je m'apprête pour une autre, pour une cliente par exemple, Cécile a toujours été de bon conseil. Elle vient tous les mercredis, trois heures pour un peu de ménage, de repassage et parfois, plus si affinités. De temps en temps, on s'arrange avec nos solitudes. Une veuve et un vieux garçon, ça pourrait presque être idéal, sauf que, l'idée de m'installer avec elle m'est insupportable. Ce que l'on vit, un peu de manière clandestine, me va parfaitement. Pourquoi se compliquer l'existence ? Puis, en ce qui la concerne, je n'ai pour elle que de l'affection, à part ça, je ne suis pas certain que l'on soit sur la même longueur d'onde... Elle me reproche d'être égoïste. Son jugement ne m'atteint pas. Elle réagit toujours mal quand je fais visiter un bien à une femme et elle voit d'un mauvais œil l'aide que j'apporte à Léonor. J'ai beau lui expliquer que cette jeune femme arrive dans la région sans y connaître personne, et qu'il est normal que je la conseille, elle me rétorque sur un ton glacial que j'en fais trop, que ce n'est pas le rôle d'un agent immobilier de trouver les entreprises de travaux ni de prodiguer des conseils d'aménagement. Elle pense que c'est le meilleur moyen de faire capoter la vente. Je n'ose même pas sourire de peur d'envenimer la situation. Au fond, elle est touchante. Il faudrait qu'elle rencontre quelqu'un d'autre, souvent je lui dis, mais elle le prend mal et quitte la maison en claquant la porte. Je ne me formalise pas, elle revient toujours.

Demain, je proposerai à Léonor que l'on déjeune ensemble. J'appellerai Cécile, pour qu'elle fasse quelques courses et qu'elle cuisine quelque chose ; comme un poulet par exemple, oui, un poulet, c'est bien.

Les chaussures, bon sang, lesquelles mettre ? J'espère que Léonor ne reviendra pas sur sa décision. Je l'ai peut-être trop pressée. Peut-être même qu'elle se pose des questions. J'aurai dû lui parler de la maison. Non, c'est idiot ! Pourquoi l'inquiéter ? Pour le coup, ça pourrait faire capoter la vente. Je préfère attendre un peu, histoire que tout soit réglé et qu'elle ait le temps de poser ses valises et de s'installer. J'attendrai qu'elle en parle la première, si elle en parle un jour. Je ne pense pas qu'elle soit du genre à se laisser impressionner par quoi que ce soit. Toutes ces idioties auront fini par me foutre la trouille ! La présence du chien n'a pas l'air de l'ennuyer. Ça m'évite d'aller parlementer avec le vieux de la ferme d'à côté pour qu'il le prenne, ou de devoir le déposer dans un refuge spécialisé. C'est une bonne chose et ça ne m'étonne pas d'elle. Je l'attendrai avec du café et des croissants tout chauds. Elle sera contente, enfin, j'espère. La première fois que je l'ai vu, j'ai été nul : Mais qu'est-ce qui m'a pris de me présenter avec cette phrase idiote : prénom Robert, profession : Agent immobilier. Je ne lui ai même pas dit mon nom. Elle n'a même pas souri, elle m'a tendu la main froidement. Elle a dû me prendre pour un branquignol ! Alors évidemment qu'après j'ai peiné pour rattraper le coup, pour lui faire bonne impression, ce n'était pas gagné ! Elle me déstabilise. Je ne sais pas comment m'y prendre avec elle… Je vais laisser venir. La spontanéité peut faire des miracles parfois. Peut-être que quelques jours de vacances au bord de l'océan m'aideraient à y voir plus clair. L'océan me manque. Le truc c'est que je n'ai pas envie d'y aller seul. Je n'ai pas non plus envie d'y aller avec n'importe qui. En fait j'irais bien avec elle. Ça me plairait drôlement… J'ai tout de même de drôles d'idées ! Comme si je pouvais proposer à Léonor de m'accompagner !

Je devrais surveiller mes pensées. Mais qu'est-ce qui m'arrive ? J'ai vingt ans de plus qu'elle. Qu'est-ce qu'elle pourrait bien me trouver ? Non, ce n'est pas le genre de fille qui s'acoquine à un type comme moi. Il serait plus sage que je m'en tienne à lui vendre la maison. Que je reste à ma place. Tranquille.

CHAPITRE 7

Les chemins de traverse…

Presque deux heures après avoir avalé l'omelette, j'ai regagné la voiture avec un étrange goût de bois dans la bouche. Un peu comme si j'avais léché un tronc d'arbre recouvert de mousse. Je n'avais pris ni dessert ni café. J'avais juste envie de finir mon assiette pour éviter les questions embarrassantes sur la qualité du plat et de quitter cet endroit sinistre. Le service long. Longs et pesants, les regards de la vieille dame sur moi. J'imaginais, qu'à son âge elle avait acquis suffisamment d'expérience et de sagesse pour me percer à jour et deviner que je n'étais qu'une condamnée à mort, attablée devant son ultime déjeuner. Elle pouvait bien penser ce qu'elle voulait, au fond, je ne sais pas laquelle de nous deux était le plus à plaindre. Elle, elle avait pris perpète avec ce type qui ne lui adressait pas la parole. Elle devait se retrouver là, tous les dimanches, avec cette même figure de pierre, assise en face d'elle, dans cette minable salle de restaurant à écumer la carte qui ne devait pas beaucoup changer et qu'elle devait assurément connaître par cœur. Quelle était sa vie ?

En bouclant ma ceinture, je les ai vus sortir se tenant par le bras et descendre cahin-caha les trois marches qui menaient au trottoir. Évidemment, en dehors des murs moutarde, ils avaient une autre allure. Ils m'ont émue, parce qu'à ce moment précis je les ai trouvés beaux.

J'ai démarré doucement en allumant une cigarette. J'étais triste et j'avais des relents d'œuf pas frais, à moins que ce ne fussent les champignons. Je restais déterminée. J'avais envie de me perdre, ce que je fis sans aucune difficulté.

Quelques dizaines de kilomètres plus tard, la voiture quittait la route goudronnée pour s'engager sur un chemin de terre. Ça sentait la fin. Comme dans les films. On sent toujours arriver l'épilogue. On a encore le goût du dernier pop-corn dans la bouche quand arrive crescendo la bande originale du générique de fin.

Les dernières images se veulent fortes, marquantes, avec quelques fondus travaillés et esthétiques. Conclusion oblige. Ensuite, les lumières se rallument et sur l'écran défile une liste interminable de noms. Le mien y est peut-être. Je sais que j'ai des homonymes. Il me faudra alors quitter le moelleux fauteuil dans lequel j'aurais pu m'endormir.

Je suis sortie de la voiture pour satisfaire une envie pressante. J'ai marché un peu sur le chemin et en levant la tête, j'ai vu une maison. À quelques mètres de la porte, une énorme pancarte affichait qu'elle était à vendre ; dessous, en rouge, un numéro de portable.

Un chien était étendu de tout son long sur le perron. Il profitait de la pierre chauffée par le soleil de la journée. J'ai regardé l'animal, et me suis mise à l'envier, j'ai pensé que l'endroit pouvait bien ressembler à l'idée que l'on peut se faire du paradis ! Si paradis il y a ! Mais qu'est-ce que je faisais là ? J'ai avancé un peu. Personne. Le chien ne bougeait pas. J'ai trouvé un coin tout près du muret. D'un œil moqueur il m'a regardée me soulager. Je n'étais plus à une humiliation près. Ensuite, quelque chose m'a poussée à aller voir plus loin. Le lieu était étrange. En me rapprochant, il m'a semblé voir un verger. J'ai opéré un demi-tour pour regagner la voiture. Le chien était comme de faïence. Immobile.

J'ai mis le contact et progressé un peu dans le chemin. J'ai arrêté la voiture à un mètre de la pancarte. L'endroit me paraissait idéal.

J'ai saisi la bouteille de vodka, en ai avalé quelques goulées. Dans ma main, le flacon de somnifères. Je l'ai fait tourner entre mes doigts. Encore et encore.

Puis, j'ai saisi mon portable, j'ai composé le numéro inscrit sur la pancarte.

Après trois sonneries, une voix d'homme.

CHAPITRE 8

Pulsion incongrue

Je ne sais pas combien de temps s'est écoulé après qu'il a raccroché. Je ne m'en souciais pas. Je regardais la maison. Je la trouvais singulière, jolie, émouvante, pour autant qu'il soit possible de trouver une maison émouvante ; l'alcool aidant. Sa taille, c'était sûrement à cause de sa taille, petite, humble. J'aimais la couleur miel de ses pierres. J'étais subjuguée par sa porte en bois bleu lavande et les glycines qui lui dessinaient comme une aura éclatante accentuée par la lumière crue d'un soleil de printemps. Ça lui donnait une dimension féerique que l'on retrouve dans les contes. Je constatais avec étonnement mon état serein, je ressentais un grand calme, une sorte de complétude jusqu'à ce qu'un crossover gris se gare bruyamment près de ma voiture. Un homme en est sorti rapidement. Ça devait être la voix grave de tout à l'heure en chair et en os. J'ai sauté du muret sur lequel je m'étais assise en l'attendant. Il m'a lancé un bonjour joyeux en refermant la portière de sa grosse voiture. Je me suis rapprochée de lui, il m'a d'emblée annoncé son prénom et sa profession. Je n'avais plus aucun doute sur l'identité du bonhomme, mais trouvais sa présentation quelque peu étrange. Nous nous sommes serré la main. J'avais comme un goût amer dans la bouche et ai songé aussitôt à mon haleine alcoolisée. J'ai reculé d'un pas pour ne pas être démasquée en regrettant de m'être laissée aller à cette pulsion incongrue. Mais pourquoi diable l'avais-je appelé ? Il me parlait, je ne l'écoutais pas. Il avait une drôle d'expression, des cheveux gris mal peignés, des sourcils broussailleux, des lèvres trop fines, une bouche comme un trait, ouverte au cutter. Il s'est arrêté de parler ; il m'a regardée avec insistance et m'a invitée à le suivre. Ce que j'ai fait sans un mot. Quel curieux personnage, il avait l'air pressé, trop pressé, trop pressant. Mal à l'aise peut-être ? Les premières minutes, la visite s'est faite au pas de course. Il avait laissé la grande porte ouverte, si bien qu'à peine le seuil franchi, nous avons été saisis par le parfum des glycines.

D'abord, l'entrée. Sur la gauche, un escalier en bois brut et sa rampe usée par des mains passagères. À l'étage, deux chambres de taille raisonnable, une salle de bains, une baignoire peu engageante, mais le plus frappant était sans doute le grand miroir brisé au-dessus du lavabo. Mon reflet lacéré, comme vu d'un kaléidoscope. Dans le couloir, une partie des murs n'étaient que placards. Les peintures passées laissaient par endroits deviner leur blancheur d'antan. Au dernier étage, un grenier ; pièce poussiéreuse de quelques mètres carrés dans laquelle le jour diffusait sa lumière par une minuscule fenêtre de toit. En fond, un vieux mur de briques sur lequel reposaient des cartons pliés. Nous sommes rapidement redescendus. Au rez-de-chaussée, un long couloir débouchait sur une grande pièce à vivre. Au sol, des tomettes inégales, creusées, usées dont la couleur d'origine était assombrie par la fine couche de crasse qui la recouvrait.

Il s'immobilisa fièrement devant l'immense cheminée du XVIIe siècle. Ensuite, il se mit, en quelques envolées lyriques, à vanter les qualités et avantages qu'offrait cette maison. Il m'agaçait profondément, je trépignais. Il a dû sentir que quelque chose n'allait pas. Il a repris aussitôt la visite. Plus loin, une cuisine aménagée et une porte-fenêtre qui donnait sur un verger. Il l'a ouverte et nous sommes sortis. À peine avais-je fait quelques pas, qu'une onde étrange m'a envahie. Le lieu était magnifique, sauvage, et paradoxalement merveilleusement ordonné.

Quelque chose d'extraordinaire régnait ici, je me sentais bien sans pouvoir me l'expliquer. L'agent immobilier aussi était plus calme, moins pressé, mais toujours aussi bavard. Je lui ai demandé de se taire. Il a pris un air ahuri, je l'ai rassuré aussitôt. Je voulais juste entendre le chant des oiseaux. Il a souri et est resté un moment sans formuler le moindre mot. Dans les arbres grouillaient des dizaines de volatiles piaillant à tue-tête. Il était difficile de discerner chacun des chants. Très vite, il a repris la parole et a commencé l'énumération de l'ensemble des arbres fruitiers qui se trouvaient là. Je n'avais jamais vu de verger auparavant et celui-ci me subjuguait.

Il a délicatement cueilli une pomme et me l'a tendue. J'ai croqué dedans. La scène avait quelque chose de biblique ! Il me dévorait des yeux. Je me suis détournée de lui pour faire face à la maison. Spontanément, je lui ai demandé un autre rendez-vous. Il a laissé échapper un petit rire nerveux et m'a proposé de nous revoir ici même, dans une huitaine. J'ai aussitôt accepté, l'ai remercié pour la visite et après nous être de nouveau serré la main, nous avons regagné nos voitures respectives. Je suis restée assise un moment au volant, sans être capable de coordonner mes pensées. J'avais l'impression d'avoir sauté d'un pont sans élastique. J'étais sonnée par ce que je venais de vivre. J'ai repris quelques gorgées de vodka, fait tourner le flacon de somnifères entre mes doigts. Au fond de mon sac, il y eut comme un éclair aveuglant. Un rayon de soleil jouait à m'éblouir en projetant sa lumière sur une des faces métalliques de mon harmonica. Apparemment, les choses semblaient prendre une tout autre tournure. Je venais de m'autoriser un sursis. J'assumais. Je n'avais rien prémédité. J'avais pris cette voie, c'est tout. On ne se sait jamais à l'avance où peuvent nous mener les chemins de traverse.

Tu n'avais pas envie de t'arrêter sur la question qui s'imposait à toi avec une insistance insolente : es-tu lâche ? Il est sage d'envisager cette vulgaire possibilité. Mais je t'invite à ne pas t'acharner ; Tu ne vas pas tirer sur l'ambulance ? hein ? Ne bascule pas…

Je devais me rendre à l'évidence, quelque chose me poussait à prendre d'autres engagements et à m'y tenir. Ma prochaine mission, dans un futur relativement proche, serait de trouver au plus vite un hôtel pour les quelques jours à venir. J'ai bouclé ma ceinture, le chien s'est redressé. Nous nous sommes observés un moment avant que je démarre. Quelque chose d'indicible et de merveilleusement savoureux se distillait au fond de moi, quelque chose de nouveau, de joyeux, de lumineux.

Il fallait tout de même que je reste prudente et que j'arrête la vodka.

CHAPITRE 9

Joseph, un prénom

Tu avais rempli la baignoire d'eau très chaude, la vapeur qui s'en échappait avait flouté le reste de la pièce. Le miroir recouvert de buée renvoyait un reflet trouble de ton corps nu. Tu avais eu du mal à rentrer dans ton bain, ta peau avait rougi. J'ai encore l'image en gros plan de tes mains cramponnées sur les rebords de la baignoire. Sur ton visage déformé par les grimaces, de petites gouttes de sueur formaient des perles d'argent. Doucement, tu avais trempé un pied en soufflant par petites saccades. Je riais, je me souviens. Je t'avais proposé de faire couler un peu d'eau froide, ce fut un non catégorique. Tu disais que le plus dur était d'y entrer. Tu disais qu'ensuite, dans la chaleur de l'eau, ton corps et ton esprit alanguis trouvaient une sorte de quiétude. Tu disais que c'était aussi dans cet état second que l'inspiration te venait. Que c'était dans ton bain que tu te sentais le mieux pour écrire tes chansons. Plus tôt, j'avais coiffé tes cheveux et les avais ramassés en chignon. J'avais volontairement laissé retomber quelques mèches soyeuses le long de ta nuque, ce qui me rendait fou de désir. Je ne te l'ai jamais dit, mais c'est pour cette raison qu'ensuite je couvrais ton cou de baisers. Ensuite, j'avais quitté la pièce pour que ce moment ne soit qu'à toi. J'aimais quand tu m'appelais pour que je t'apporte un verre d'eau. Tu n'as jamais dit « Joe », tu tenais à prononcer mon prénom dans son intégralité. « Joseph ». Tu disais que tu l'aimais. C'est tout ce qu'il me reste, Joseph, un prénom. Juste un prénom et des souvenirs en lambeaux. Je reviens parfois m'asseoir sur le rebord de la baignoire. Je cherche tes mains, l'odeur de l'huile de bois de santal qui parfumait ton bain. Je sens encore dans mes mains le moelleux de la serviette-éponge dans laquelle tu t'enroulais en sortant. Je me souviens de tes baisers mouillés, de ce sourire qui trahissait une satisfaction créatrice, de l'amour que nous faisions ensuite. Je pense souvent au café que tu préparais juste avant mon réveil, aux pains aux raisins que nous avalions voracement entre deux fous rires, aux miettes dans le lit. À ta main dans mes cheveux, à ton sourire, à ces longs silences que je n'osais interrompre quand nous nous dévorions des yeux. Nous en avions des matins heureux, des jours radieux. Nous en avions à revendre. Marianne, partout où je regarde, il y a comme un voile sombre et poisseux qui s'étend un peu plus chaque jour, sur les murs de la salle de bains, de notre chambre, de la maison tout entière. Il s'étend encore et encore, jusqu'à mon âme. Regarde ce que cause ton absence, Marianne, regarde… En me postant devant ce miroir, je n'ai pas reconnu l'homme qui me regardait. Ce n'était pas moi.

J'ai donné un coup de poing pour briser l'image. Gisait à mes pieds, en étoiles éparpillées, un reflet inconnu. Marianne, reviens, je t'en prie, reviens-moi. J'ai peur parfois d'oublier que je t'attends, d'oublier qui j'attends. D'oublier qui nous étions.

Pourquoi tu n'es plus là ? Que s'est-il passé ? Comment est-ce arrivé ? J'ai beau hurler, hurler encore, rien ne me revient. Je suis coincé sous un monticule de débris. Je suffoque. Le monde, nos vies ont volé en éclats et je reste prisonnier sous les décombres.

Il n'y a plus aucun meuble. Tu entends Marianne ? Ils ont vidé la maison. La chambre de l'enfant est vide elle aussi, tout comme la nôtre. J'y suis venu souvent après ton départ. Je m'allongeais à ta place et serrais fort contre moi ton oreiller encore imprégné de ton odeur. Nos photos que tu avais disposées en patchwork sur tout un pan du mur dans notre chambre ont disparu. Le canapé rouge vif devant la cheminée, les bibelots, les paniers au plafond, la table, les chaises, les tapis, les tableaux, les livres, les rideaux. Ils ont tout pris. Marianne, j'ai dû me perdre quelque part, je t'en supplie, viens me chercher.

Il y a Jack aussi, tu sais, il est comme moi, il t'attend.

CHAPITRE 10

Chambre avec vue sur les collines

En me rendant ma carte d'identité avec la clef de la chambre, le réceptionniste a insisté pour que je prenne connaissance du règlement intérieur de l'hôtel. Il m'a tendu une feuille et un stylo. Sur un ton un peu sec, il m'a sommée de lire et de signer au bas de celle-ci. Ce que j'ai fait, quelque peu interdite. Le contenu était improbable, et à la lecture de certaines recommandations, je n'ai pu m'empêcher de rire. Il était question de « filouterie » au cas où j'aurais envie de vider le bar en me gardant bien de le signaler. Il ne fallait pas non plus que je sois nue dans les couloirs de l'hôtel, il importait que je ne trouble pas la tranquillité de mes voisins de chambre après une certaine heure, que je ne vienne pas avec un animal. Les animaux sauvages étaient absolument proscrits. Quant aux familiers, ils étaient autorisés à condition d'être le guide d'un non-voyant. Il était également stipulé que je n'étais pas autorisé à inviter une autre personne que celle mentionnée lors de mon enregistrement, ni à cuisiner, ni à fumer ni à démonter les détecteurs d'incendies, ni à faire rentrer de la drogue dans l'établissement, ni à dégrader le mobilier, le tout, sous peine d'expulsion et du remboursement immédiat des dégâts causés, et j'en passe… Je viens juste passer quelques nuits, ai-je dit au réceptionniste absorbé par son téléphone portable. Je ne sais pas quel type de clientèle il a l'habitude de recevoir, mais il m'a semblé nécessaire de le rassurer en lui promettant que mon séjour ne lui causerait aucun désagrément. L'homme a levé un sourcil et a récupéré la feuille en m'indiquant l'étage de ma chambre. Il m'a donné une petite carte sur laquelle figurait un code pour le Wifi. Puis, j'ai procédé au règlement comme il l'exigeait.

En sortant de l'ascenseur, j'ai trouvé un long couloir sombre qui desservait des portes identiques, toutes assorties au vert glauque de la moquette. Je suis arrivée devant le numéro 9. Neuf, c'était le nombre exact de jours réservés dans cet hôtel. Et si demain le chiffre sur la porte se changeait en chiffre huit et ainsi de suite, comme un compte à rebours, jusqu'au jour zéro ? Qu'en serait-il de ce jour ? J'ai ouvert la porte. Je fus accueillie par une lumière aveuglante. Un soleil resplendissant inondait la pièce.

La chambre était agréable, avec une vue sur la vieille ville. Les toits de tuiles et d'ardoises dessinaient un patchwork de formes disparates, tantôt rouges, tantôt noires tout autour du clocher de l'église, bien au centre de la vieille ville, comme il se doit ; en arrière-plan, les collines boisées. La chambre était plutôt bien agencée et relativement spacieuse. D'un geste sûr, j'ai fait atterrir mon sac sur le lit. Avec le même entrain, j'ai commencé la visite des lieux. J'ai jeté un œil aux placards et allumé la télévision sur une chaîne d'infos. J'ai branché la bouilloire. Eau plate et gazeuse, thé et café étaient disposés sur un petit plateau en verre poli, le tout assorti de deux tasses et du nécessaire. Il y avait aussi quelques madeleines dans des sachets plastique individuels qui me faisaient de l'œil. J'ai repensé à ce roman que je venais de lire, où une très vieille dame confectionnait des madeleines qu'elle offrait à ses nouveaux voisins. J'ai quitté mes baskets, mon jean, et en attendant que la bouilloire siffle, je suis allée ouvrir les robinets de la baignoire. Des petits flacons de bain moussant parfumé et du shampoing étaient mis à disposition, comme dans tous les hôtels quatre étoiles de France, je présume. Ces petits instants, nouveaux et agréables, je voulais qu'ils restent, qu'ils s'impriment en moi. Pour cela, il fallait que je me promette de plus ressasser, d'être uniquement dans ce que l'instant m'offrait. De la baignoire remplie à ras bord, s'échappaient des nuées de vapeur délicatement parfumée. J'ai mis du temps avant de m'immerger complètement dans ce bain chaud. Trop chaud. La mousse était onctueuse et pétillait au contact de ma peau. Plus tard, mon corps baignait dans le calme et la douceur. Instant de volupté rare. Je me détendais à n'en plus finir, comme si les quarante années que j'avais consacrées à me résigner se désagrégeaient dans ce bain à la violette. J'ai lavé mes cheveux longtemps. Puis, longtemps, je les ai rincés pour être certaine qu'il ne resterait rien d'une vie que je voulais oublier. L'urgence était de faire peau neuve et pour cela, il me fallait tremper encore.

Alanguie, la chair molle et fumante, je me laissais aller à imaginer les anciens locataires de la maison que j'allais bientôt occuper. Les premières images qui me venaient étaient celles d'un couple heureux, qui dans le verger à la belle saison, s'affairait autour des arbres pour y récolter les trésors juteux et sucrés qu'ils déposaient dans le fond d'un panier en osier. Peut-être que pour remercier les généreux donateurs, ils passaient doucement leurs mains le long des troncs en gage d'une profonde gratitude. Elle, tout comme moi, avait peut-être été séduite par la couleur chaude de la pierre et par le bleu lavande de la vieille porte en bois. Comme moi, ils auront été subjugués par ce verger. Alors ils seront venus vivre ici, un temps, celui peut-être d'envisager un enfant. La maison doit se souvenir d'eux. Elle garde dans sa pierre, dans son bois, des traces, des sons, des odeurs d'eux, j'en suis sûre. M'acceptera-t-elle ?

Robert m'a dit que c'est à cette période qu'arrivent dans une joyeuse cohue faite de bruissements d'ailes et de chants célestes, les mésanges bleues, les rouges-gorges et les merles.

Il y a ce petit banc fait d'un gros bloc de roche grise, comme un trône, scellé au mur de la façade en partie recouvert d'un lierre grimpant. Il sera le lieu où je viendrai écouter les trissements des hirondelles qui construisent leurs nids sous l'avant-toit.

À quelques mètres de là s'épanouit un magnifique figuier aux feuilles larges et robustes. Robert m'a suggéré d'y installer une chaise longue pour les siestes de l'après-midi. Je n'ai jamais fait de sieste ! Je vais devoir m'autoriser des tas de moments doux, pourvu qu'ils durent… Robert a aussi de jolies idées, il faut bien le reconnaître.

L'eau tiédissait franchement, la peau de mes mains se plissait. Ce prodigieux processus nous rappelle que nous sommes issus des eaux. Quelques frissons ont parcouru mon corps, et par association d'idées, je me suis mise à envisager l'automne. Je ressentais en y pensant, une sorte d'impatience enfantine. Des images d'Épinal flottaient au-dessus de ma tête. J'éprouvais un sentiment joyeux à les associer à ma nouvelle vie.

Je me projetais dans la maison, à cette saison, m'abandonnant à d'exquises rêveries. Je me laissais captiver par la danse du feu dans l'âtre, par la pluie qui giflait les vitres. Sans aucune difficulté, je poussais mon imagination à son paroxysme, si bien, que j'étais en mesure de pressentir l'arôme subtil d'une tasse de thé aux épices, le moelleux des coussins de velours recouvrant le canapé dans lequel je n'en finissais plus de me fondre. Et même de sentir le poids du plaid en laine sur mes pieds. Enveloppée dans la chaleur rassurante des murs de cette maison, ma maison, je goûtais à la possibilité d'une nouvelle vie. Une existence toute neuve, sans aucun diktat, ou chaque instant écrit serait choisi avec soin. De manière inopinée a surgi l'idée d'écrire. Je me suis tellement tue, qu'au fond de moi doit dormir une source d'inspiration qui ne demande qu'à jaillir sur le papier.

J'ai matière à. Pourquoi ne pas essayer ? C'est ce qu'il manquait au décor : un roman en cours d'écriture, et en fond sonore du Schubert ou du Bach. Je me souviens d'une sorte de poème que j'avais lu dans un petit carnet que j'avais trouvé dans une rame de métro, coincé entre la banquette et la paroi du wagon. En l'ouvrant, pour y chercher l'identité de son propriétaire, je suis tombée sur ces phrases, que j'ai apprises par cœur : *« L'automne est une saison bouleversante et inspirante. Elle a, je trouve, cette figure maternelle. Peut-être parce qu'elle garde, blotti contre son sein l'été qui refuse de s'en aller. Alors elle le console, le rassure et peint ses yeux couleur fauve pour le distraire un peu.* » J'ai gardé ce carnet parce que j'aimais le cuir patiné de sa couverture et que l'auteur par ses mots m'offrait à son insu, quelques-unes de ses heures secrètes. J'ai pris cette trouvaille comme un cadeau précieux. Son style suranné et son écriture appliquée me rappelaient feu mon patron, que j'avais si souvent lu. En m'aventurant au fil des pages, revenait fréquemment le prénom d'Élise. Un amour tenu au secret, inavoué, exprimé maintes fois par cette phrase d'Aragon : « *Je suis plein du silence assourdissant d'aimer.* » Un secret, comme une plainte, une douleur lancinante et immobile.

L'eau devenait de plus en plus froide. Ma peau allait forcément garder cette texture hideuse plus longtemps à force de tremper, de mariner. Il était temps que je sorte du bain. Je venais de me faire de belles promesses, aurais-je la force de les tenir ? Mon cerveau formaté à générer des pensées sinistres n'a pas tardé à m'en souffler une particulièrement acide.

Et durant la longue et pénible saison d'hiver, que vas-tu faire ? Que se passe-t-il l'hiver, dans une maison en pleine campagne, isolée du reste du monde ? Que vas-tu faire maintenant que tu n'es plus obligée de te lever pour aller gagner ta vie ? Tu vas faire quoi de ces journées interminables, grises et froides ?

Ne bascule pas...

L'angoisse montait doucement. Je me laissais captiver par le débit de sons et d'images qui s'échappaient du téléviseur. Je restais allongée sur le lit, nue, laissant les rayons du soleil chauffer ma peau et l'engin bruyant couvrir les bourdonnements de mon esprit tourmenté.

L'appel du ventre m'a soudainement donné l'énergie des chasseurs-cueilleurs. L'effort à fournir pour me nourrir fut bref et moindre, puisqu'il a juste fallu que je décroche le téléphone pour commander un club sandwich au service d'étage. En attendant que l'on me livre de quoi calmer ma faim, j'ai feuilleté le petit carnet qui ne m'avait jamais quitté depuis, et comme par un heureux hasard, je suis tombée sur une citation de Marguerite Duras, qui me semblait être la parfaite parade à mes peurs infondées :

« *Se trouver dans un trou, au fond d'un trou, dans une solitude quasi totale et découvrir que seule l'écriture vous sauvera.* »

Voilà ce que je ferai de mes journées d'hiver dans ce trou où je m'installerai avec ma solitude. Et si l'exercice est réellement salvateur, il sera quotidien, alors je n'aurai plus jamais peur.

J'ai remercié mon livreur en lui tendant un généreux pourboire.

Je m'agrippais à ce projet comme une bouée de sauvetage. Pour ce faire, il fallait que je repense l'agencement, notamment celui du salon, afin de pouvoir y installer un bureau, mon bureau.

Demain, j'irai visiter la vieille ville et ses ruelles cachées par les toits bicolores et son église, les autres jours je me hasarderai plus loin, vers les collines boisées, ensuite je retournerai vers la maison. J'irai seule. Je sais que je peux encore revenir sur cette idée saugrenue, je peux encore partir si l'envie me reprend. Je suis libre. Libre. Un jour à la fois. Une nuit à la fois. Vais-je réussir à dormir ? J'ai de quoi m'abrutir si besoin…

CHAPITRE 11

Robert amoureux

Pour compenser avec mes cheveux trop courts, j'ai laissé pousser ma barbe. Bien qu'elle ne soit pas très fournie encore, sa couleur, plus sel que poivre m'assurait une certaine allure. Mon visage inspirait de la sagesse. Il fallait que j'aie l'air rassurant. À l'aide d'une petite paire de ciseaux, j'ai taillé les poils rebelles. J'ai parfumé mes joues, mon cou, mon torse de lotion tonique à la bergamote que Cécile m'a offerte. J'ai fini de boutonner ma chemise en me souriant. Si quelqu'un m'avait surpris, il m'aurait, c'est certain, trouvé niais. L'idée m'a fait sourire davantage. Il était presque huit heures et il me restait encore pas mal de choses à préparer avant son arrivée. Je me suis arrêté acheter des croissants.

Tout était prêt. Le café coulait doucement dans la cafetière et déjà son arôme embaumait l'agence. Je regardais par la vitrine pour ne pas manquer son arrivée. J'avais disposé le dossier et les documents à signer sur mon bureau en plus d'une liste d'entreprises triées sur le volet.

Quand nous nous sommes revus la deuxième fois, je l'attendais devant la maison, le chien était là. Le printemps sublimait l'endroit. Je me souviens du parfum capiteux de la glycine. Le soleil était déjà chaud. Le clocher sonnait dix heures. Elle serait bientôt là. Je m'étais rapproché de la porte pour saluer Jack. Ce pauvre chien me faisait de la peine. Cependant, je savais aussi que le fermier d'à côté s'en occupait un peu et ça me rassurait. J'ai prudemment avancé et lui ai parlé à voix basse. Il a doucement levé la tête, et se laissait caresser, quand j'ai eu l'impression étrange que quelqu'un m'observait. Instinctivement, j'ai regardé vers l'étage supérieur, et là, j'ai aperçu une silhouette passer rapidement devant la fenêtre. J'ai reculé d'un bond, regardé de nouveau, plus rien. Une sensation d'épouvante m'a saisi. Mon cœur s'est emballé et je me suis mis à trembler, si bien qu'il a fallu que j'aille m'asseoir sur le muret pour me calmer et retrouver mes esprits. Fallait-il que j'accorde du crédit à ce qui n'était peut-être que le fruit de mon imagination ? Mes bras étaient raides, mes muscles crispés. Une goutte de sueur coulait le long de ma tempe. Réactions physiques assez logiques après une trouille pareille. Le chien n'avait pas réagi, il était toujours dans cette même posture, la tête posée sur ses pattes avant. J'ai scruté de nouveau la fenêtre, mais il ne se passait rien. Avais-je été contaminé, moi aussi, par leurs stupides rumeurs ? Avais-je permis à mon imagination de se laisser aller à croire à leurs sornettes ? Voilà deux ans que j'étais chargé de vendre cette maison. Deux ans que j'enchaînais les visites pour rien.

Personne ne voulait l'acheter parce que le bruit courait qu'elle était hantée. Hantée ? Tout ça pour un bout de corde resté accroché à l'une des poutres du salon. Quand il s'agit de se faire peur, les gens ne manquent pas d'imagination. En vérité, personne n'a su ce qu'il s'était réellement passé. Il y a eu un tas de spéculations à propos d'un pendu. Et tout le monde y est allé de sa minable hypothèse. Avait-il été sauvé in extremis ? La corde avait-elle cédé sous le poids du corps ? C'est facile de colporter des ragots effrayants sur un lieu qui reste longtemps inoccupé. Il fallait bien qu'ils trouvent une raison à son abandon. La maison avait été louée un temps par un couple. Elle était chanteuse, lui, auteur de thrillers. On a retrouvé quelques exemplaires dans un carton quand on a vidé la maison. J'en ai pris un pour le lire, je n'ai pas pu le terminer. Ce genre de littérature me met très mal à l'aise. Sans vouloir juger l'auteur, il faut quand même avoir quelques soucis pour écrire des trucs pareils ! À ce que l'on m'a dit, un jour la femme s'en est allée, et lui ? disparu. Volatilisé ! Personne ne sait ce qu'il est devenu. Certains disent qu'il est mort ici, qu'il se serait suicidé. Personne n'a retrouvé le corps. Alors les gens se gargarisent avec cette énigme insoluble, et continuent à répandre leur angoisse, un peu comme un jeu. D'autres disent qu'il s'agit d'une mise en scène pour la sortie de son huitième roman. Deux ans de mise en scène c'est absurde, c'est même dangereux. Enfin, tout ça leur permet de s'occuper les dimanches au comptoir entre deux verres, ça donne un sens à leur piètre existence. Le vieux qui vit dans la ferme à cent mètres de la maison dit qu'il hante le coin et que c'est la raison pour laquelle son chien reste ici. Complètement idiot. Je ne crois pas à ce genre d'inepties. Au bout de cette corde il aurait pu y avoir tout et n'importe quoi, mais pas obligatoirement un corps.

Je retournais vers ma voiture quand celle de Léonor a débouché par le petit chemin. J'étais heureux de la voir et me suis précipité à sa rencontre. Elle portait une robe fleurie, des baskets en toile blanche et un petit gilet fin sur les épaules. Nous avons revu la maison. Cela a pris un temps démesurément long. Elle s'arrêtait tout le temps, inspectait chaque pièce avec minutie, posait des tas de questions sur son histoire et les travaux qu'elle pourrait y faire.

Nous avons ensuite visité l'étage supérieur. La peur m'a repris et je me souviens de l'avoir suivie comme un enfant qui redoute le pire. Mon inquiétude était fondée, mais ça, je ne pouvais pas lui dire. Rapidement, je lui ai proposé de revoir le verger. Je me souviens que l'endroit l'avait séduite. Nous y sommes restés un long moment. J'avais toujours la sensation que quelqu'un nous observait. Je n'osais pas lever les yeux. Elle s'est assise sur le petit banc de pierre contre la façade et m'a annoncé son intention d'acheter la maison. Sa décision était prise. À n'en pas douter, elle avait eu un vrai coup de cœur. Je suis resté silencieux sur ce qui s'était passé un peu plus tôt. Elle avait l'air si emballée, si heureuse. J'avoue y avoir pensé, mais le sentiment de victoire qui m'envahissait avait aussitôt fait disparaître l'idée. J'allais enfin vendre cette maison. Le reste n'était que bêtises et superstitions.

Elle y est revenue souvent pour y prendre des photos, des mesures. À chaque fois, je me rendais disponible et attendais son arrivée, assis dans ma voiture. Je ne m'aventurais jamais à l'intérieur de la maison sans elle, ni même aux alentours. En général, elle est ponctuelle. Aujourd'hui, elle vient pour signer la promesse de vente. Elle n'a fait aucune contre-proposition et a accepté sans broncher le prix annoncé. Il faut dire que depuis, la propriétaire avait revu ses exigences à la baisse. J'ai regardé ma montre, il était neuf heures trente. Elle était en retard. Ce n'était pas son genre. J'ai composé son numéro et suis tombé directement sur sa boîte vocale. Je suis retourné à mon bureau. Le café était chaud, je m'en suis servi une tasse, en pensant que ça la ferait venir…

Une petite note aiguë annonça l'arrivée d'un SMS, dans lequel elle me proposait de nous retrouver directement à la maison.

J'ai répondu d'un rapide « OK ». J'ai mis le café dans un thermos, les croissants dans leur sachet d'origine, et suis revenu sur mes pas pour attraper deux tasses et le dossier.

Il me fallait vingt petites minutes de route pour la retrouver. J'espérais qu'elle n'avait pas changé d'avis. Allait-elle remarquer ma barbe ? Aimerait-elle ? J'adore quand elle porte sa petite robe fleurie. J'aime aussi quand elle lâche ses cheveux. Et son sourire ! Quand elle sourit, son visage s'illumine complètement. Qu'est-ce qu'elle est belle ! « Bon sang, Robert, j'ai l'impression que tu es amoureux ! » J'ai allumé la radio. De chaque côté de la route, couvrant les pieds des vignes, s'étalait à perte de vue un tapis de velours rouge. C'est drôle, j'ai réalisé que les fleurs rouges imprimées sur ma chemise étaient aussi des coquelicots. Comme eux, je me sentais vaillant et fragile à la fois.

CHAPITRE 12

Ne pas déranger

L'écran de mon portable affichait 02 h 55. Comme une chouette, je gardais les yeux grands ouverts, allongée sur le lit, toutes lumières éteintes. Avec comme veilleuse, la lune pleine, ronde, prometteuse. Ou pas. Le regard béant sur un futur que je n'avais pas envisagé. Un futur qui me surprenait et qui me laissait sans voix.

De toute évidence, tes démons ont repris leur place, avec en tête de cortège, le doute. Dans quelques heures, tu iras signer la promesse de vente de la maison. Est-ce vraiment ce que tu désires ? Mais qu'est-ce que tu es en train de faire ? ne serait-il pas plus sage que tu prennes un aller simple pour l'Australie ou la Nouvelle-Zélande ? Tu voulais disparaître, mais tu n'as pas eu le courage d'aller jusqu'au bout !

Enfin, je crois. Si ça se trouve, je l'ai fait et ne me suis aperçue de rien.

Peut-être que tout ça ne s'arrête jamais. Et si la mort n'existait pas ? Tout est tellement différent de ma vie d'avant. Tout est si soudain. Tout. Que s'est-il réellement passé ? Il y avait la maison, le chien, la pancarte, mon harmonica et le soleil dessus. C'est tout.

La vie est une sorte de jeu. Quand on perd une partie, on la recommence exactement où on l'a perdue. Jouer, perdre, recommencer encore et encore. C'est vertigineux…

Il fallait que je dorme, quelques heures, juste quelques petites heures. Au fond de moi, quelque chose suppliait pour que la nuit finisse et que le jour arrive vite à mon secours, quand un heureux souvenir a surgi des tréfonds de ma mémoire. La bouteille de vodka. Elle attendait patiemment dans mon sac qu'on la sorte de là et qu'on la vide. Alors, comme pour mettre un terme à ce chant macabre qui se répercutait en écho dans ma boîte crânienne, j'ai bu. J'ai bu jusqu'à ce que l'ivresse m'envole au-delà de la nuit.

Je suis arrivée en retard, la mine défaite, la tête douloureuse, alors qu'il s'agissait d'un rendez-vous plutôt joyeux. Il m'attendait dans sa grosse voiture. J'ai eu à peine le temps de me garer, qu'il se tenait déjà devant ma portière, prêt à l'ouvrir pour me souhaiter la bienvenue. Lui aussi avait dû passer une mauvaise nuit. Il n'était pas rasé, avait le teint crayeux, mais portait une jolie chemise imprimée de coquelicots. Je suis sortie de la voiture, l'air embarrassé. J'ai toujours eu horreur de ces fausses attitudes galantes qui conduisent inévitablement à des « après » décevants. Je lui ai tendu la main, il l'a gardée un long moment dans la sienne si bien que pour qu'il me la rende, j'ai du la retirer brusquement. Je n'étais pas d'humeur. Il a reculé, gêné, puis s'est rendu jusqu'à sa voiture. Il a ouvert le coffre et en a sorti un petit panier en osier.

J'étais restée debout, droite comme un i, un air idiot plaqué sur le visage. D'un signe de la main, il m'a invitée à le rejoindre. Sur l'herbe, il a disposé un thermos que j'ai supposé rempli de café, deux tasses en plastique et un sachet en papier auréolé de taches de beurre. Je me suis assise dans l'herbe, m'adossant au muret. Nous avions l'air de deux abrutis, perdus, ne parlant pas la même langue et donc dans l'incapacité totale de nous comprendre. J'ai pris la tasse qu'il me tendait. Je n'avais pas envie que les choses durent. Il me fallait signer au plus vite toute la paperasse et rentrer à l'hôtel pour dormir. Il a sorti le grand jeu, je me demandais d'où lui venait toute cette énergie. Quelques minutes plus tard, le chien comme médiateur a fini par nous rejoindre. Nous nous détendions un peu. Il a parlé le premier, cet homme parle beaucoup. Est-ce que tous les agents immobiliers parlent autant ? Il n'a cessé de me vanter le potentiel qu'offrait la maison. Encore et encore. Ensuite, il a énuméré une à une les entreprises qu'il avait soigneusement sélectionnées. À l'écouter, il me fallait vite choisir pour que les devis ne tardent pas. Je lui ai gentiment rappelé l'objet de notre rendez-vous. Alors, dans un silence presque religieux, il a sorti une pochette et m'a tendu des pages noircies que je devais parafer et signer. Je me suis exécutée avec beaucoup d'application. Je trouvais l'activité agréable, j'étais là sans l'être vraiment, complètement absorbée par la mine du feutre qui traçait d'un noir profond ces petits traits sur le bas des feuilles. Le papier pompait l'encre avidement. Je suis arrivée à la dernière page, derniers paraphes, et enfin la signature. C'était étrange une signature. J'avais gribouillé mon nom en négligeant les dernières lettres, comme j'avais l'habitude de le faire. Un connaisseur en graphologie aurait pu y lire des choses inavouables.

Voilà, je venais, par cet acte, d'approuver l'entièreté d'un document dont je n'étais pas l'auteur. Quel curieux usage ! Il a prononcé mon nom un peu fort pour que je revienne à nos affaires. Un peu confuse, je lui ai rendu les documents et le feutre. Nous sommes restés un moment sans parler. Il y avait le chant des oiseaux pour couvrir notre silence. Nos yeux balayaient le paysage à la recherche d'un possible sujet de conversation. Le chien a fini les croissants. J'allais mettre le contact, quand il s'est penché à la vitre pour me dire qu'il se tenait à ma disposition si j'avais besoin de revenir voir la maison. Que je n'hésite pas, que je l'appelle, qu'il viendrait. Il répétait : « avec plaisir, vraiment ! »

En fait, tu n'avais qu'une obsession : rentrer à l'hôtel, accrocher sur la poignée de la porte le très précieux « Ne pas déranger » tirer les rideaux, te déshabiller et te mettre au lit. Enfouir ta tête sous l'oreiller et mettre ton corps au repos. Débrancher ton cerveau autant que possible et dormir. Dormir un bon siècle. Ensuite, tu verrais. Ne bascule pas…

Dormir, c'est vrai, je ne pensais qu'à ça. J'aime bien le chien. J'aimerais bien qu'il reste, si je reste.

CHAPITRE 13

Marcel

Je n'en reviens pas ! C'est fait, la maison est vendue ! Il ne me reste plus qu'à appeler la propriétaire et lui dire que tout s'est bien passé. Pourtant, j'avoue que la belle Léonor m'a fait quelques frayeurs : Son retard déjà, ensuite, son manque d'enthousiasme flagrant, sans parler de cette distance qu'elle met systématiquement entre nous à chaque fois que nous nous voyons. J'ai bien cru qu'elle finirait par se désister. En fait, Marcel avait raison, il m'avait prédit le succès de cette transaction ! Marcel, mon ami est un homme que l'on peut qualifier d'extraordinaire. Il a ce don inné de pressentir les choses avant qu'elles n'arrivent. Il est comme on dit : médium. Certains l'appellent le sorcier. Ça le fait marrer. Quand il ne prédit pas l'avenir, Marcel guérit. On vient le voir parfois de très loin. Les gens lui ont fait une jolie réputation, lui, il s'en moque. Le plus important à ses yeux, c'est de pouvoir apporter son aide à celui qui en a besoin. Sans exagérer il est l'allégorie de la bonté. Sa vie est essentiellement axée sur l'autre. Il est empathique et bienveillant. Peu importe le jour, son humeur ou sa forme, Marcel guérit et soulage tous ceux qui se présentent à lui. Il soigne tous les maux, qu'ils soient mécaniques, organiques ou psychologiques. J'étais quelque peu sceptique, moi aussi, quant à ses étranges pouvoirs. Mais avec le temps, je suis bien obligé de constater qu'il parvient vraiment à les délivrer de leur eczéma, de leurs troubles gastriques, de leur céphalée, de leurs allergies, arthrose, fièvre... ou de leurs brûlures. Il est aussi coupeur de feu ! Tout ça, sans jamais rien demander en échange. Surtout pas d'argent. C'est pour cette raison que ceux qui viennent le consulter ont toujours avec eux un pot de confiture, un gâteau, un plat cuisiné ou une bouteille de vin. Parfois, il disparaît plusieurs jours. On le sait dans les collines. On dit aussi qu'il parle aux oiseaux et enlace les arbres. Il dort à la belle étoile. Après deux ou trois jours de retraite, il nous revient gonflé de cette énergie miraculeuse.

Avant de les rencontrer, lui et sa région, je n'avais qu'une obsession : quitter Bordeaux, si bien, que j'avais tenté le tout pour le tout en répondant à une annonce pour un poste d'agent immobilier. Le job à pourvoir était à plus de quatre heures de voiture. J'avais remis en forme mon Curriculum vitæ et l'avais envoyé, accompagné d'une lettre de motivation concise et pertinente. Très vite, le directeur de l'agence m'avait donné rendez-vous. J'étais tellement enthousiaste et optimiste que j'avais pris cette convocation pour une réponse positive. Dans la foulée, j'avais donné mon préavis, bouclé ma valise, et bourré la voiture des quelques affaires auxquelles je tenais. Je ne possédais aucun meuble ni objet encombrant. J'avais toujours vécu dans des meublés avec des baux de courte durée. C'est de cette façon que je pouvais continuer de me sentir libre. Je ne possédais rien excepté ce crossover que je m'étais offert à la mort de mon père. C'était amplement suffisant.

La route pour arriver à mon entretien avait été belle. Je me souviens combien pendant le voyage, j'avais imploré Sainte Rita – spécialiste à ce que l'on dit des causes désespérées – pour que ce job me soit donné et que je ne remette plus les pieds à Bordeaux. Je voulais laisser là-bas, « ma petite misère ». J'y ai laissé un peu de famille, des amours illusoires et de fausses amitiés.

J'étais arrivé très en avance. Après avoir fait le tour de la petite ville, j'étais revenu sur mes pas pour rejoindre l'agence immobilière. Elle donnait sur une petite place bordée de platanes élagués. La terrasse d'un café s'étalait jusque devant une fontaine dont la partie centrale était ornée d'un mufle de lion par lequel s'écoulait un timide filet d'eau claire. Sur les trois autres faces était sculptée une salamandre. Pour mes dix-huit ans, un copain d'étude très doué en dessin m'avait tatoué sur l'épaule gauche, une petite salamandre. Elle est toujours là, j'avais pris ça pour un signe.

L'endroit était charmant et m'avait paru idéal pour consommer mon attente en me désaltérant d'une bière fraîche.

Je ne connaissais pas encore son prénom. Il était, lui aussi assis en terrasse, je ne l'avais pas vu tout de suite. Trois guéridons nous séparaient. Il a fait signe au garçon qui venait de prendre ma commande et a passé la sienne. Il avait un journal déplié devant lui qu'il a replié d'un geste vif. Il s'est rapproché de moi en me tendant la main pour se présenter. Au début, j'ai cru qu'il s'agissait du directeur de l'agence. Très vite, j'ai compris que non. Après m'être présenté à mon tour, nous nous sommes mis à parler de choses et d'autres assez naturellement, un peu comme si nous étions de vieux amis. Il était avenant et agréable. À son contact, je me sentais détendu, apaisé, malgré la singularité de son regard. À aucun moment, je ne me suis senti mal à l'aise. Deux heures se sont écoulées sans que je m'en rende compte. Juste avant que je le quitte pour mon rendez-vous, Marcel s'est proposé de m'attendre pour que nous fêtions ensemble la signature de mon contrat. Je n'ai pas réussi à masquer ma surprise, je l'ai regardé longuement sans pouvoir dire quoi que ce soit. Il a souri et a rouvert son journal.

Je l'ai retrouvé un peu plus tard, attablé à la même place. L'affaire était conclue. Il avait vu juste.

Marcel m'a invité chez lui le temps que je trouve un endroit à moi. Trois semaines plus tard, mon nouveau patron m'a proposé, pour un loyer plus que modeste, de m'installer dans un chalet qui lui appartenait et dans lequel il avait vécu quelque temps. Il n'était qu'à dix minutes de l'agence. Il était niché dans un écrin de verdure et donnait sur un lac. Il y avait même une vieille barque attachée au ponton. La « cabane », comme il l'appelait, était en réalité un chalet de belle taille, conçue avec de gros madriers et des poutres de bois massif. Un chalet identique à ceux que l'on trouve dans le nord des États-Unis. Au rez-de-chaussée, il y avait une grande pièce à vivre. En son centre trônait une immense cheminée en pierre. Des fenêtres à chaque extrémité permettaient à la lumière de traverser.

J'ai su immédiatement que j'allais m'y sentir bien. J'avais l'impression d'avoir toujours habité ici. Tout me semblait facile et familier. C'en était presque déconcertant. Marcel y était sans doute pour beaucoup.

Aujourd'hui, il est un peu ce frère que je n'ai jamais eu. Nous nous voyons régulièrement depuis maintenant plus de quinze ans. Hier, je lui ai raconté ce que j'avais cru voir dans la maison, il m'a dit de ne pas m'inquiéter. Je suis resté un peu sur ma faim, mais j'ai compris qu'il n'y avait rien à en dire. Je lui ai aussi parlé de Léonor, des vingt ans qui nous séparent et de cette furieuse envie que j'ai de l'enlacer à chaque fois que je la vois. Il a ri, sans se moquer. Il a ri, sans doute, parce qu'à cet instant, je devais avoir l'air d'un jeune idiot désemparé. Il m'a dit que le véritable secret d'une vie heureuse était de savoir lâcher prise.

Là, c'est moi qui ai ri.

CHAPITRE 14

Nuit d'ivresse

Après plus de quatre heures de route qui m'ont paru une éternité, j'arrivais enfin. Le jour se levait à peine. J'ai quitté la route, soulagée et heureuse d'emprunter le petit chemin au bout duquel se trouvait la maison, ma maison. Je me surprenais à ressentir de la joie. Faudrait-il que je m'y habitue ? J'ai ouvert la vitre en grand et laissé entrer l'air frais du petit matin. J'ai caressé le volant et offert toute ma gratitude à Cerise, petit nom affectueux que j'avais donné à la voiture de Tatiana dont la couleur gourmande évoquait celle du fruit. Cerise, malgré son grand âge avait réussi, l'incroyable exploit d'avaler les centaines de kilomètres qui reliaient Paris à ma nouvelle vie – ou mort.

Je ne savais plus quel sens donner à ces deux substantifs, je leur trouvais une certaine similitude. De plus, l'un n'a de sens que parce que l'autre existe. Une espèce de bouillasse métaphysique envahissait mon esprit brumeux. J'étais dans un drôle d'état depuis quelques jours. Et s'ils étaient synonymes ? Après tout, qu'est-ce qui prouve que nous sommes vivants ? Mon cerveau était capable de produire des tonnes de questions insensées, abstraites. Cette faculté me surprenait, je craignais que cela ne devienne une habitude et que ça finisse par me rendre folle.

J'avais réussi à quitter Paris et m'étais arrêtée à la première aire d'autoroute parce que je n'étais plus capable de conduire, de me conduire. J'avais réussi à dormir quelques heures malgré l'inconfort de l'habitacle. Avant de reprendre la route, j'avais bu beaucoup de café. J'étais restée très concentrée sur les indications du GPS. La route était pénible, j'étais fatiguée et luttais laborieusement pour ne pas m'endormir. Il aurait été tellement plus simple que je quitte la ville juste après avoir récupéré les clés chez le notaire, mais non, au lieu de ça, il a fallu que je fête l'évènement au champagne. Au début, il était question d'une coupe ou deux. Ensuite, je devais prendre la route pour arriver en fin de soirée au petit hôtel qui se trouve à vingt minutes de la maison.

Il en fut autrement. Une coupe en entraînant une autre, ma raison fut bâillonnée en moins de temps qu'il n'en faut pour le dire. L'alcool désinhibe, c'est notoire. Le champagne, ça rend les gens beaux et la nuit aguichante. Ce fut le cas. Il y avait ce garçon plus jeune qui n'arrêtait pas de me trouver jolie, qui n'en finissait pas d'avoir envie de m'embrasser. L'alcool offre certains privilèges, je l'ai laissé faire. Des gens arrivaient, ils étaient joyeux eux aussi, puis une sorte de folie douce s'est emparée de nous, à mesure que nous vidions les coupes de champagne sans retenue. Il y avait de la musique. Je me souviens avoir dansé sur *Floricanto* de *Lhasa* tellement de fois que j'étais comme étourdie, à force de tourner dans les bras de ce jeune garçon dont je n'ai jamais su le prénom. En revanche, je garde intact le souvenir de sa bouche onctueuse sur la mienne, de la délicate pudeur de ses mains sur mes hanches, de nos rires, et de la grande blonde qui venait se coller contre lui en me jetant des regards furibonds. Nous avons tourné, bu, ri, tourné encore et encore, jusqu'à ce qu'ivre et à bout de souffle, je regagne l'extérieur cherchant de l'air pour en remplir mes poumons. J'avais en quelque sorte perdu la notion du temps. J'observais la nuit, dans le rôle de l'intruse, qui se serait invitée à notre petite fête, étalant outrageusement son somptueux déshabillé noir pailleté, tandis que, doucement le bar se vidait. Dehors, contre le mur, le jeune garçon aux baisers onctueux tenait dans ses bras la grande blonde. Ces belles âmes quittaient la fête, certaines grisées, d'autres en titubant jusqu'à la prochaine beuverie ou jusqu'à leur lit. Le barman vint vers moi en me tendant une note qu'il me pria de régler. L'addition de mon forfait était exorbitante. Cependant, je n'ai aucun regret et garderai le souvenir chamarré d'une nuit d'ivresse volée à ce Paris que je quittais pour toujours et sans remords.

Un peu avant d'arriver à la maison, je me suis arrêtée acheter quelques viennoiseries au village voisin. Il était encore tôt, mais le boulanger a accepté de m'ouvrir. Je l'ai regardé tourner vigoureusement la manivelle qui enroulait l'épais rideau de fer. Son bonjour fut accompagné d'un courant d'air chaud aux odeurs fortes du pain cuit et de beurre.

Robert ne tarderait plus, il n'était pas loin de sept heures. Le camion lui aussi allait arriver.

J'ai regardé le soleil se lever, il inondait de sa blonde lumière la façade Est de la maison. La porte d'entrée et les glycines baignaient dans un jaune safran, Dieu que c'était joli. Le chien est apparu, et au moment où je sortais de la voiture pour aller à sa rencontre, Robert arrivait, suivi du camion qui contenait ma vie.

Je t'ai entendu penser que tout cela n'avait rien de réel, sauf peut-être cette petite émotion que tu sentais grandir au creux de ta poitrine. Jusqu'où la joie est-elle supportable ? Penses-tu être capable de joie ? Ne bascule pas...

CHAPITRE 15

Une errance interminable

Sais-tu que les souvenirs s'effacent ? C'est tellement triste, tellement. Tellement. La maison est vide de toi, Marianne.

Sais-tu qu'elle va s'installer ici ? Elle va finir d'effacer ce qu'il restait de nous. Peut-être qu'il ne faut plus que j'espère. Peut-être même faudrait-il que je me résigne et que je disparaisse enfin. À moins que tu ne reviennes. Si tu rentres tard, et que tu me trouves endormi, rapproche-toi de moi, doucement, et murmure-moi quelques mots du monde, des mots devenus tiens. J'aimais tellement contempler le monde à travers toi. Il était tout autre à travers tes yeux, ta voix. Sais-tu qu'aujourd'hui je ne vois plus rien, Marianne, tu entends ? Tout est devenu imperceptible. Comme si mes souvenirs se trouvaient de l'autre côté de cette vitre ruisselante de pluie. Je suis confus, perdu dans une errance interminable. Je m'efforce de garder en mémoire les mots qui me permettent de t'espérer encore, pourtant je continue à sombrer dans cet abîme sans fond avec l'espoir fou que la lumière s'y fraie un chemin pour que tu puisses me retrouver.

Cette nuit, j'ai voyagé dans la maison. Tu ne pourras plus faire ta musique, les instruments ont disparu. Ce temple dans lequel tu composais n'est plus qu'un endroit vide dans lequel ils ont entreposé leur matériel. Ils ont tout repeint. Ils n'ont abattu aucune cloison, mais depuis, les murs sont immaculés, les fenêtres neuves. Il y a de nouveaux meubles dans la cuisine et dans la salle de bains. Je ne reconnais plus rien. Ils ont même réparé les marches de l'escalier, tu sais les deux du milieu qui étaient fendues. Ils ne m'ont pas trouvé. Personne ne peut me trouver. Tu étais la seule à savoir que j'étais derrière ce mur de briques.

Ils ne savaient pas que j'étais là. Moi, je devais dormir, je ne me suis rendu compte de rien.

Je me rappelle notre première nuit ici, nous avions installé notre matelas devant la cheminée. C'était en août, l'orage avait été violent. Tu avais froid. J'avais allumé un feu. Blottis l'un contre l'autre, nous contemplions le fascinant jeu de lumières orangées qui animait l'âtre, comme un petit théâtre dans lequel se jouait une pièce mystérieuse. On entendait la pluie fouetter les fenêtres. Tu étais tellement enthousiaste en m'expliquant les idées qui te venaient pour décorer notre maison. Tu disais aussi que tu voulais un chien et que tu l'appellerais Jack. Jack en référence à Jack London, ton auteur de prédilection. En secret, je pensais à Jack l'Éventreur, personnage qui m'avait beaucoup inspiré pour un de mes romans. Nous étions d'accord sur le nom, il ne nous restait plus qu'à trouver l'animal. Je revis ces instants précieux, encore et encore.

Je n'ai plus que ça, Tout le reste se dissipe. Tout comme le tintement de la cloche du village voisin, qui doit sonner régulièrement les heures. Ces mêmes heures qui tournent et s'enroulent inlassablement sur le grand cadran du clocher.

Parfois, je perçois le jour quand il se lève. C'est toujours le même, je crois.

Il ne se passe rien. Quant à la nuit, elle ne change pas. Elle est glaciale.

Marianne, ouvre-moi tes bras que je m'y réchauffe.

CHAPITRE 16

POM POM POM POM

Il n'était pas loin de onze heures quand le camion des déménageurs a disparu dans le petit chemin laissant derrière lui un nuage de poussière. Il faisait chaud pour la saison et les rares orages n'avaient pas donné assez d'eau. La terre avait soif. Le verger souffrait, la pelouse était jaune paille.

Les chambres, le salon et la cuisine étaient encombrés de meubles et de cartons. Léonor montait et descendait en râlant, les bras chargés d'affaires. De toute évidence, les inscriptions sur les cartons qui les prédestinaient à être placés dans la bonne pièce, n'avaient pas été lues. J'ai essayé tant bien que mal de me rendre utile en lui proposant de ranger les livres sur les étagères du salon, ou de défaire les cartons de vaisselle, mais elle a refusé. Peut-être qu'elle n'osait pas me demander de partir. Plus tôt, Léonor m'avait demandé de l'aide pour brancher sa chaîne hi-fi. Elle avait une collection impressionnante de vinyles, essentiellement des albums de musique classique. Les symphonies de Beethoven nous ont accompagnés une bonne partie de la matinée, hélas, passée trop vite. Je n'avais pas envie de la quitter. Sur la cinquième, en rythme, je cassais, pliais et empilais les cartons avec méthode et énergie. Une fois ficelés, je les entassais dans le coffre de ma voiture.

J'ai regardé ma montre, la petite aiguille se fondait dans la grande pile au moment où ont retenti les cloches de l'église du village en contrebas.

Il était temps que nous fassions une pause et l'idée d'emmener Léonor déjeuner ne me quittait plus.

Moins d'une heure après, nous étions installés sur une petite terrasse ombragée par une vigne vierge qui recouvrait entièrement la pergola. Une jeune femme a apporté une bouteille de rosé frais, embuée.

Léonor inspectait la carte des plats.

C'est à la fin du repas, quand on nous a servi les cafés que je lui ai fait part de mon projet de vacances. Évidemment, je n'allais pas lui proposer d'emblée de m'accompagner, non, il fallait susciter l'envie. Alors j'ai commencé par lui parler de l'océan, de mes souvenirs heureux au bord du bassin d'Arcachon. Je lui ai raconté les longues balades dans les forêts de pins, les aiguilles qui craquent sous les pieds, et l'odeur âcre de la résine qui perle le long des troncs. Des vagues déferlantes sur lesquelles nous glissions avec les copains, de l'île aux oiseaux, des cabanes tchanquées aux couleurs vives, des huîtres que l'on peut déguster au bord de l'eau et du sable ondulant sur la dune du Pilat qui n'en finit pas d'avancer. J'ai enchaîné sur toutes les beautés que recelait Arcachon en citant la ville d'hiver, juste sur les hauteurs, où se trouvait notre maison.

En été, mon père organisait ses fameuses garden-partys et l'on pouvait y croiser la belle bourgeoisie arcachonnaise. C'est là, que je vivais enfant, de début juillet à fin août ; le reste du temps, j'étais pensionnaire à Bordeaux.

J'ai jugé bon de m'arrêter là, il n'était pas question que je lui raconte qui était mon père. Elle aurait vu dans mes yeux toute la haine que j'éprouve encore aujourd'hui à la seule évocation de son nom. Je ne pouvais pas lui dire que cet homme ne m'avait jamais aimé. Ni qu'en réalité il me méprisait. En fait je redevenais son fils le temps des vacances d'été, parce qu'il ne pouvait pas faire autrement.

J'aurais aimé lui parler de ma mère et de cette saloperie de maladie qui l'a emportée trop tôt, lui dire que plus tard, j'allais seul, fleurir sa tombe en novembre, parce que mon père n'avait que faire des traditions. Cet homme ne laissait jamais paraître le moindre signe de vulnérabilité. Il n'a jamais montré son chagrin, par pudeur peut-être. Je m'impose cette croyance absurde juste pour ne pas lui enlever le peu d'humanité que je lui concédais. J'aurais voulu que Léonor sache que pour ne pas avoir à endurer ma présence, mon père s'était arrangé avec son frère et que, jusqu'à ma majorité, c'est chez mon oncle que je passais les week-ends et toutes les autres vacances.

Mon oncle, au demeurant gentil, avait la singularité de ne jamais sourire. Son visage comme celui de ma tante était sans la moindre expression, atone. Je pensais qu'il en était ainsi pour tous ceux dont la mort était le métier. Plus tard, en côtoyant des confrères, j'ai compris que tous n'avaient pas cette même figure de cire.

Ils avaient repris l'entreprise de pompes funèbres du père de ma tante. Mon oncle exerçait la profession de thanatopracteur, elle, s'occupait de toute la partie administrative. Ils avaient un fils unique, Daniel, de deux ans mon aîné, qui prenait un malin plaisir à m'effrayer en me racontant toutes sortes d'histoires de fantômes. Imaginer en croiser un au détour d'un couloir m'épouvantait et peuplait mes nuits de cauchemars. La maison était grande. Une partie du rez-de-chaussée et tout le sous-sol nous étaient interdits. En cachette, mon cousin me faisait visiter le laboratoire et la chambre froide où étaient entreposés les défunts. Les gens meurent toute l'année, disait mon oncle, même le jour de Noël ! Il n'était pas rare qu'il soit occupé à maquiller le visage d'un cadavre, alors que nous étions à table autour de la dinde, et, quand il nous rejoignait enfin, bien souvent nous entamions la bûche. Il faudra que je dise à Léonor, qu'avant de vendre des maisons, j'ai aussi, aux côtés de mon oncle, maquillé le visage des morts. Je l'ai fait avec application et professionnalisme jusqu'à ce matin effroyable. C'est pour cette raison que j'ai abandonné le métier. Que j'ai fui.

Certaines choses sont inexplicables, je ne sais pas jusqu'où nous pouvons nier leur existence.

Me revint en mémoire l'étrange apparition à la fenêtre de la maison de Léonor. Peut-être qu'ils avaient raison, tous ! Peut-être que la maison était hantée. Je ne trouvais ni la force ni les mots pour lui en parler. Soudain, je me suis rendu compte de mon silence. Perdu dans mes pensées, je m'étais tu au beau milieu d'une phrase. Quand je suis revenu à nous, un peu gêné, elle a regardé sa montre et j'ai compris qu'il était trop tard pour trouver quelque chose d'intéressant à lui dire. Elle a prétexté se souvenir que des meubles et de l'électroménager devaient être livrés dans l'après-midi, pour que nous partions. Sans rien laisser paraître de ma vexation, j'ai demandé l'addition. De toute évidence l'océan n'était pas sa priorité, avait-elle seulement écouté mes histoires ?

Il n'était pas loin de seize heures, et je constatais que beaucoup de ses affaires avaient déjà trouvé leur place, sûrement provisoire, en tout cas le désordre du matin avait disparu. Je suis resté un moment assis sur le banc de pierre, à contempler le verger. Elle est revenue vers moi, m'a tendu un verre d'eau en s'excusant de n'avoir rien d'autre à m'offrir. J'ai sauté sur l'occasion pour lui proposer un verre quelque part, je suis allé jusqu'à l'inviter à la maison et lui ai même proposé un petit tour en barque sur le lac. Après tout le travail accompli, l'un comme l'autre méritions un peu de détente. Elle a refusé. Bien sûr, c'était trop tôt. J'étais maladroit et venais de donner malgré moi le signal de mon départ. Il fallait que je sois raisonnable et que je la laisse tranquille. Je lui ai proposé mon aide pour les jours à venir. Elle m'a remercié et promis de m'appeler. J'ai fait quelques caresses au chien et suis remonté dans ma voiture en espérant la revoir très vite. Cette femme a un vrai pouvoir sur moi. Elle m'a envoûté, c'est certain, parce qu'en général, je suis plutôt à l'aise avec la gent féminine, à croire qu'à son contact je redeviens ce jeune pubère totalement idiot et emprunté.

Léonor ; une onde joyeuse m'envahit chaque fois que je prononce son prénom. Cette onde a son parfum et la couleur de ses yeux. Pourvu qu'elle m'appelle, pourvu qu'elle ait besoin de moi.

Sur la route, une deux-chevaux d'un rouge flamboyant m'a dépassé. De ses fenêtres ouvertes, rugissait la cinquième de Beethoven. Coïncidence ?

J'ai été surpris, puis ai souri en comprenant que j'étais resté en seconde. J'ai accéléré et l'ai doublée à mon tour, en faisant signe au conducteur qui battait la mesure comme un chef d'orchestre inspiré. Il m'a salué. Devant moi des champs de vignes à perte de vue. Et le sourire de Léonor encore et encore.

CHAPITRE 17

Nuit tourmentée

L'obscurité est devenue une compagne. Je lui laisse prendre l'avantage sur moi, je me persuade que c'est un choix, en vérité il n'en est rien. Je me dois d'accepter ses supplices sans manifester la moindre résistance, ainsi la douleur devient supportable. Parfois, elle convoque une armée de démons et me jette dans leurs griffes, d'autres fois, elle me traque, me piège, m'avale, puis me régurgite au milieu de nulle part. Je ne suis plus que cette chose errante, agonisante à la recherche d'une vie égarée. Les ténèbres s'installent et recouvrent le monde de leur voile sombre, puis ma raison lâche prise et cède à la folie, alors, je sais que tout peut arriver. Dans l'immensité qui m'emprisonne, je fixe sans pouvoir m'en détacher, ce cercle blafard posé là comme par erreur dans les chairs noires du ciel. Sa pâle lumière accentue l'ombre du sillon de ton profil que j'avais tracé dans le mur. Pour ne pas l'oublier, j'ai également gravé ton prénom en lettres capitales. MARIANNE. Il m'arrive de le répéter en boucle, de plus en plus vite jusqu'à ce qu'il devienne vide de sens, incompréhensible. J'ai peur d'oublier qui je suis, que reste-t-il de ce que j'étais ?

Dans la maison, à nouveau règne le silence, alors doucement, j'ai descendu une à une les marches du petit escalier qui mène au grenier. J'ai longé le couloir jusqu'à notre chambre. J'ai poussé délicatement la porte. L'odeur d'un parfum inconnu avait imprégné la pièce. La fenêtre était restée ouverte. Un rayon de lune perçait à travers la fente verticale des contrevents. La femme dormait, nue, allongée sur le ventre. Le drap remonté jusque sous ses reins laissait deviner un corps élancé et délicat. Sa chevelure sombre et abondante s'étalait sur toute la surface de l'oreiller. J'ai cru, dans la pénombre, que c'était toi, que tu étais revenue. Je me suis rapproché sans bruit. Elle respirait lentement, la tête tournée vers la fenêtre. J'ai effleuré les draps de la pulpe de mes doigts puis j'ai pincé avec précaution une mèche de ses cheveux pour en découvrir la texture. Elle était épaisse et soyeuse à la fois. Elle ne bougeait pas. J'étais curieux, j'en voulais davantage. J'avais envie de plus. Tu comprends ? Son corps inerte, drapé me faisait penser à ces femmes de marbre qui s'offrent à la vue de tous et que l'on ne peut toucher alors que leurs formes parfaites appellent les mains. Ces endroits recelaient tant de merveilles qu'ils exacerbaient ce sentiment de frustration qui avait écorché mon enfance. C'est sûrement pour cette raison que je n'aimais pas fréquenter les musées, tu le regrettais. Voilà pourquoi j'étais devenu écrivain ; pour me libérer de l'impossible et de l'ineffable causés par l'interdit. Inévitablement, mes récits se voulaient noirs et peuplés de monstres. Dans mes romans, le prédateur aime disposer de sa proie. Il prend toujours son temps. Il l'observe longtemps, jubile à l'avance des sévices qu'il infligera. Il est à l'affût de la moindre expression, d'un rictus subreptice, d'un furtif tremblement de lèvre ou de paupière. Il écoute le rythme cardiaque s'accélérer quand il se rapproche et sent grandir sa toute-puissance. Il guette le moindre frémissement de la peau sous la caresse menaçante de la lame froide et aiguisée, et perçoit les muscles en train de se contracter aux prémices de la douleur. Enfin, quand apparaît la précieuse encre pourpre, il s'enivre de sa fragrance métallique, puis enfonce plus loin le fer et dessine dans la chair sa rage et sa répugnance du monde. Les cris et les pleurs excitent sa folie triomphante jusqu'à la fulgurante jouissance. Ensuite, il s'évapore comme par magie. Étrangement, il revient toujours sur les lieux de son dernier crime pour revivre l'expérience et l'extase qu'il a connue et qui lui provoque un extraordinaire soulagement. Il est accro à ce sentiment suprême associé à la sensation de posséder ce que seul le meurtre procure. Il est un besoin grandissant qu'il faut assouvir avant qu'il ne devienne compulsif au point de devoir se remettre en chasse. D'ailleurs, il se remet à chasser. Je le connais par cœur ce monstre, je l'ai si souvent décrit.

Avant que tu ne disparaisses, j'écrivais sur lui une nouvelle histoire. Peut-être qu'en reprendre l'écriture m'aiderait à retrouver le goût de ces derniers jours vécus à tes côtés.

Aujourd'hui ma douleur est constante et aiguë. Je voudrais tellement croire comme eux, ces monstres, qu'il suffit en réalité de partager cette souffrance devenue trop lourde pour retrouver un peu de quiétude, juste pour calmer cette rage qui me ronge et qui m'encourage à commettre l'irréparable. C'est vrai qu'à cet instant précis, il me serait facile de sortir du livre, facile de passer mes mains autour de son cou… À quoi songe-t-elle ? Dans quel rêve voyage-t-elle ? Elle est là inconsciente, exhibée, dangereusement exposée.

Je suis sorti de la chambre.

Dans la cuisine, sur la table, il y avait un morceau de pain et des pommes. Je n'irai pas jusqu'à la ferme du vieux pour lui voler un œuf, ce soir. J'ai dévoré les fruits. Fruits de notre verger.

Caché tout là-haut dans cette pièce, j'ai repris le cahier. J'ai tourné les pages noircies. C'est un premier jet, il faudra que j'y revienne. Je ferai cela en t'attendant. Tu reviendras, car il faut que tu reprennes ta place, Marianne.

CHAPITRE 18

Premier matin

C'est le chien qui est venu me réveiller. Le poids de ses deux pattes sur mon bras, ses petits gémissements et ses coups de tête sont infiniment plus agréables que le cri strident de l'alarme d'un réveille-matin. Sa truffe froide sur ma joue m'a définitivement sortie des brumes dans lesquelles je languissais. Le sentiment d'apesanteur me quitta. Je me suis sentie comme aspirée, contrainte et forcée de regagner les chairs humides et chaudes de mon corps engourdi. Anatole avait cette même manie lorsqu'il estimait que j'avais suffisamment dormi et qu'il était grand temps que je remplisse sa gamelle de croquettes. Je me suis retournée sur le dos. Jack trépignait devant le lit. Jack, c'est son nom, m'a dit Robert en me confirmant que je pouvais le garder.

Je vivais le premier matin dans cette maison. Il me fallait mémoriser cet instant, ce premier jour. J'ai regardé la chambre et de ce point de vue, je la trouvais encore plus belle. Je réalisais que la première nuit dans cet ailleurs avait été bonne, cependant, je restais sur mes gardes. Il me fallait poser quelques jalons pour être sûre de ne pas me perdre, pour m'habituer doucement à cette nouvelle vie, ensuite je pourrais me laisser porter par mes envies et faire confiance à mon instinct. Pour garder le cap, je me suis préparé une sorte de planning pour la journée. J'ai décidé de me préparer un copieux petit-déjeuner : café, tartines et fruits. Pour le lieu, la petite terrasse qui fait face au verger me semblait idéale. Ensuite, pleine de force, je passerais quelques instants sous la douche et m'attellerais au rangement. J'ai glissé dans la poche arrière de mon jean un petit carnet et un stylo pour noter quelques idées d'achats qui m'aideraient à embellir la maison. J'avais encore beaucoup à faire pour qu'elle ressemble à ce que j'avais projeté. À présent, il fallait que chaque objet, chaque meuble trouve sa véritable place et que le tout soit disposé de façon harmonieuse. L'agencement n'est pas chose aisée, néanmoins la perspective de cette nouvelle entreprise me stimulait. Est-ce que tout cela était bien concret ? En apparence oui, pourtant rien ne pouvait m'assurer la véracité de ma nouvelle existence, parce que tout était différent. Trop différent, outrageusement nouveau et agréable. Ça, je ne l'aurais jamais imaginé.

Prudence, il s'agissait peut-être d'un état transitoire. Un passage obligé dans cette autre dimension avant d'être jugée et envoyée je ne sais où. Pour cela, il m'aurait fallu non seulement admettre avoir commis l'acte, mais que je fusse capable de croire à une espèce « d'après ». C'était totalement absurde. Ça l'était d'autant plus pour une cartésienne qui considère la religion comme une simple construction historique aux pouvoirs anesthésiants. Je ne crois pas à un Dieu punitif et vengeur, ni miséricordieux.

Je ne crois pas en Dieu, communément nommé, mais j'avoue admettre la présence de quelque chose qui serait de l'ordre de l'indicible et de l'incompréhensible pour nous autres, ici-bas.

En revanche, je crois en notre dualité. Nous sommes incontestablement identiques sur ce point : dotés de deux composantes diamétralement opposées et pourtant complémentaires que l'on nomme le bien et le mal. À nous de faire avec. Le libre arbitre, c'est de savoir qui tu nourris ; le loup ou l'agneau… Je voudrais refouler certaines pensées de peur que leurs ombres n'absorbent la nouvelle lumière qui m'accompagne depuis peu. Il faudrait que je contrôle le flux abondant de mes pensées. Que je calme le jeu. Que j'attende en paix, puisque je suis là, je ne sais pas bien pourquoi ni comment. Respiration. Inspiration profonde, expiration lente et contrôlée. Dehors, le chant des oiseaux m'interpelle. Je me concentre sur lui. Ici et maintenant. Je ne sais pas d'où me vient cette nouvelle technique pour me détendre. Peu importe, ma poitrine se gonfle de cet air salvateur, mon corps se décontracte. En me concentrant sur l'extérieur, j'accueille avec ravissement de nouveaux sons variés et enchanteurs, ceux de la campagne qui s'éveille. Je réalise combien il est bon de ne plus subir la symphonie assourdissante des klaxons de voitures bloquées derrière le camion des éboueurs…

Je me laisse enivrer par l'odeur subtile du café. Dans mes mains je serre fort la tasse. Sa chaleur me cause une petite piqûre brûlante aux paumes. Mes yeux voient loin et caressent les courbes rondes des collines qui s'étendent à perte de vue. Encore cette petite joie dans le creux de ma poitrine. Je prends.

Jack est là. Son regard m'invite à vivre. Je caresse sa tête et lui adresse un sourire. Je continuerai à l'appeler Jack. Ce nom lui va bien.

Mon téléphone portable qui était resté muet la majeure partie de son existence a sonné plusieurs fois dans la matinée. Robert, bien sûr, deux fois ; la première pour me demander comment s'est passée ma première nuit, la seconde pour proposer son aide. Ensuite, ce fut le livreur d'électroménager qui n'a pas trouvé la maison hier, que j'ai attendu pour rien et fini par oublier. Il m'a assuré de son passage en tout début d'après-midi. En fin de compte je ne suis pas pressée. Je crois même que je ne l'ai jamais été. C'est en ceci que réside le mystère de ces nouveaux instants. Depuis quatre mois, régulièrement je me surprenais en état de stupéfaction, comme hypnotisée, muette, interdite. Quatre mois, durant lesquels mon attitude a subi de grands chargements. La transformation me semblait si flagrante qu'il me fallait, pour la supporter, mettre une distance entre ce que j'avais été et celle que

qu'elle aime ça ! J'ai imaginé qu'ensuite nous pourrions aller chez Marco, il y a là-bas une très belle terrasse sur pilotis. Nous pourrons y savourer ses fameux spaghettis sautés à l'ail et admirer le coucher de soleil sur le lac.

Ça, c'est ce que j'avais imaginé, évidemment les choses ne se passent jamais comme prévu.

Je suis arrivé à l'heure et ai garé la voiture. La porte d'entrée était grand ouverte. Le chien couché comme à son habitude sur le perron. Je me suis approché de la maison et j'ai appelé Léonor qui ne répondait pas. J'ai machinalement levé la tête vers la fenêtre du premier étage, et là, pour la deuxième fois j'ai aperçu une silhouette passer furtivement. Il ne s'agissait pas de Léonor, puisqu'elle se tenait sur le pas de la porte la seconde d'après. Elle n'aurait pas pu descendre si vite. Il me fallait tenir bon, ne rien laisser paraître de cet effroi qui m'envahissait. J'avais du mal à tenir sur mes jambes que je sentais se dérober. Elle l'a tout de suite remarqué et, s'est précipitée vers moi, l'air inquiet, me demandant ce qu'il m'arrivait. Je l'ai rassurée en prétextant un coup de chaud. Elle m'a aidé à entrer et m'a invité à m'asseoir dans la cuisine. J'étais – en plus d'être terrifié par la vision – terriblement honteux d'être à nouveau incapable de lui expliquer la raison de mon état. J'ai vidé le verre d'eau qu'elle venait de m'offrir et lui ai proposé de nous mettre en route, il nous fallait quitter cette maison au plus vite. J'étais dans une sorte d'urgence difficile à maîtriser. J'ai eu un mal fou à me concentrer sur la route, l'apparition continuait de me hanter. J'étais dans un tel état de confusion que je me suis trompé plusieurs fois de chemin, si bien que nous avons dû revenir sur nos pas. Léonor s'impatientait. Je me sentais idiot. Le malaise nous a emprisonnés dans un silence que nous ne parvenions, ni l'un ni l'autre à dissiper. Nous sommes arrivés en retard, c'était inévitable. Toutes les séances avaient commencé. Toutes, sauf une. Évidemment, Léonor s'est montrée très enthousiaste à l'idée de voir *A Ghost Story*. En d'autres circonstances, j'aurais pu trouver ça comique. Elle m'a expliqué, sur un ton enflammé que ce film avait fait l'objet de critiques très élogieuses et avait même remporté plusieurs prix. Je me suis donc retrouvé coincé entre l'envie de fuir et celle de lui faire plaisir. J'ai acquiescé et pris les billets. Que faire d'autre ? Lorsque nous avons pénétré dans la salle, les lumières se sont éteintes, nous avons eu juste le temps de nous frayer un chemin parmi les rangées de fauteuils et de trouver deux places côte à côte.

En dehors du fait que je comptais bien profiter de l'occasion pour me rapprocher d'elle, l'envie de quitter la salle persistait. Pour me consoler, j'espérais en secret que nos mains finiraient par se croiser, s'effleurer dans le pot de pop-corn que j'avais gardé sur mes genoux.

À première vue, ce film n'avait rien d'un thriller effrayant. J'étais rassuré et ne songeai plus à partir, jusqu'à l'accident de voiture. J'avais, dans ma vie antérieure, eu l'occasion d'aider mon oncle à réparer le visage d'un accidenté de la route pour le rendre plus présentable à sa famille. De pénibles réminiscences ont surgi du tréfonds de ma mémoire sur cette période de ma vie que je tentais d'enfouir à tout jamais. Dans un réflexe incontrôlé, j'ai agrippé fermement sa main qu'elle a retirée aussitôt. La pénombre m'a aidé à dissimuler un malaise qui devait forcément se lire sur mon visage. Je ne me suis plus risqué à ce genre de fantaisie jusqu'à ce que les lumières se rallument.

Quand nous avons quitté le cinéma, il faisait encore jour. Sans lui parler de mon intention de l'inviter à dîner, je lui ai proposé d'aller prendre un verre. Elle m'a demandé de bien vouloir la raccompagner. Je me suis tu à propos du restaurant, des spaghettis et du coucher de soleil. Sur le retour, elle s'est déridée un peu et s'est mise à me parler du film qu'elle avait trouvé magnifique et de la poésie folle qui s'en dégageait. Je ne savais pas quoi répondre, j'étais à court d'idées, terriblement troublé par sa présence. Après un nouveau silence, elle m'a demandé si je croyais aux fantômes, j'ai répondu oui sans réfléchir. J'avais envie de sauter sur l'occasion pour lui parler de sa maison, de ce que j'y avais vu, mais les mots ne sortaient pas. J'ai à peine eu le courage de lui retourner la question. Elle a éclaté de rire, et rétorqué sur un ton presque moqueur qu'elle ne croyait pas en grand-chose, qu'elle était plutôt rationnelle, du genre très cartésien. Je lui ai servi un tant mieux, à défaut d'autre chose.

Après l'avoir déposée chez elle comme elle me l'avait demandé, juste avant de quitter la voiture, elle a laissé filer cette phrase qui continue de résonner en moi, avec le même fracas : « j'ai besoin d'espace et de solitude ». Elle ne se doutait pas de l'impact de ses mots assassins. Elle ne veut pas de moi. J'ai brillamment fantasmé une histoire, qui n'a jamais atteint le stade d'embryon. J'ai de la peine. Je suis pathétique et terriblement, diablement amoureux.

CHAPITRE 21

Maman, pardon…

Il faut être d'une très grande naïveté pour croire que l'éloignement géographique et temporel peut vous mettre à l'abri des remords, des regrets et autres tourments. Ça s'est logé quelque part en moi. Une chose sournoise, qui reste silencieuse un temps et réapparaît quand vous vous y attendez le moins : la culpabilité. La culpabilité est liée à l'impuissance de remédier. Je m'étais appliquée à ne pas y penser, à ne plus songer à ma mère, à l'oublier absolument et définitivement ; cependant, il y a cette vengeance d'une part de la mémoire qui se refuse à l'oubli total. Béances de souvenirs fantasmés. Sans surprise, je n'ai pas fermé l'œil de la nuit… J'ai écrit. Je me suis écrit.

Te souviens-tu de ta mère ?

Tu n'as d'elle qu'un souvenir. Un unique souvenir. Celui d'un long couloir sinistre. D'une porte grise. De l'attente devant la porte après que Tatiana a donné deux petits coups pour vous annoncer. De la porte et du silence derrière. De l'odeur forte et persistante de désinfectant, d'urine et de médicaments. D'une femme maigre assise sur son lit. De son visage de cire. De son regard fixe dans le vague qui ne semblait rien voir. De ses mains nouées et tremblantes sur ses genoux. Du grillage à la fenêtre. Du silence glacial, surtout du silence glacial.

L'autre jour j'ai remis la main sur la boîte à chaussures dans laquelle j'avais rangé l'autre partie de l'héritage de Tatiana. En plus de sa voiture, de quelques bijoux et de l'argent, il y avait une vingtaine de pages écrites de sa main. Elle y raconte l'histoire de mes parents, la mort tragique de mon père, ma naissance et la descente aux enfers de ma mère jusqu'à son internement. Elle m'y décrit petite et adolescente avec beaucoup de tendresse.

J'ai été pendant toutes ces années l'enfant qu'elle aurait aimé avoir mais qu'elle n'aurait sûrement jamais pu assumer. Elle parle aussi de son mode de vie particulier et de son incapacité à poursuivre mon éducation. Je me souviens du temps où elle venait me chercher pour les vacances ; elle prenait beaucoup de précautions à m'expliquer que le « tonton » qui nous attendait à la maison ne serait pas celui qui était avec nous aux précédentes vacances, que je devais lui faire confiance, car celui-ci était encore plus gentil que son prédécesseur.

Comme on espère un pardon, elle confesse aussi ses nuits de larmes après m'avoir placée dans cette pension. Son égoïsme à qui elle a laissé toute la place, et cet amour qu'elle ne savait pas me témoigner. J'ai refermé et rangé la boîte à chausses au fond du placard. « L'oubli est une grâce », écrivait Julien Green.

J'ai continué à écrire.

Peut-être que son esprit était loin, perdu, errant dans une sorte de brume. Mais son cœur ? Sa main aurait peut-être aimé le contact de la mienne, sa joue, la chaleur et la douceur d'un baiser. Ma présence, comme une trêve. Peut-être même que ma voix aurait pu calmer le fracas dans sa tête.

C'était plus simple d'écouter les médecins, de les croire : Pas de visite vaine. Pas de tourment supplémentaire. Ils ont dit : inutile, ils ont dit : irrévocable. Un sourire compatissant comme autant de lieux communs. J'ai compris. Plus de mère. J'ai écouté et obéi. J'ai baissé les yeux, tu mon désir, bâillonné mon amour devant l'autorité en blouse blanche.

Dehors, pour les autres, le soleil brillait.

Pardon, maman… Pardon

Je me suis couchée avec la lune. Je n'ai dormi qu'au petit matin. Quelques heures seulement. Jack était là, près de moi, comme un garde du corps. Il ne s'éloigne jamais. J'ai pris mon café en fin de matinée, assise sur le petit banc de pierre qui fait face au verger. J'ai remarqué qu'à cet endroit précis, mes pensées étaient tout empreintes de douceur et de quiétude.

J'ai continué à ranger quelques affaires. J'ai trouvé dans le grenier, sur un des cartons, un thriller signé Joseph Grimer. C'est tout de même étrange, parce que je n'avais pas souvenir de l'avoir vu, alors qu'il se trouvait au beau milieu de la pièce. C'est peut-être Robert qui l'aura placé là et qui aura oublié de m'en parler. Il faudra que je lui pose la question. J'en profiterai pour lui demander s'il connaît un dératiseur, pour me débarrasser au plus vite cette colonie de rongeurs qui loge sous mon toit. Ces bestioles, aussi petites soient-elles, font un raffut de tous les diables. Quoique… je ne sais pas si faire appel à lui est une bonne idée. J'ai été un peu froide l'autre jour avec lui. Je n'aurais peut-être pas dû lui dire qu'il m'étouffait et que j'avais besoin d'air. Il avait l'air vexé, je n'ai pas osé en dire plus de peur d'envenimer la situation… pour les souris, l'autre solution serait que j'adopte un chat. Un chat, tous les écrivains, ou presque, en ont un. Je suis sûre que Jack ne s'y opposera pas.

Je m'occuperai de ça plus tard. Je découvre les joies de la procrastination ! Avant le chat, je vais avoir besoin de cahiers, d'un ordinateur, d'une imprimante, et pour que je puisse savamment ordonner tous ces objets essentiels à la création de mon œuvre, il me faut un bureau. Je sais où l'installer. Avant cela, il me faudrait satisfaire une envie. Une envie toute récente, une chose idiote qui m'amuse. Cette idée est née d'une relecture de l'un des Sagan. Je n'ai jamais mis les pieds dans un Casino. Il y en a un à deux heures d'ici. J'irais bien moi aussi flirter avec la chance.

J'envie l'extravagance dont elle ponctuait sa vie. C'est peut-être ça, exister.

CHAPITRE 22

Harmonica

En jetant un œil dans sa bibliothèque, j'ai déploré l'absence d'auteurs qui ont été pour moi de grandes références. Sur les étagères, j'ai eu beau chercher, il n'y avait pas l'ombre d'un Marpeau, d'un Collette, ni même un Ellroy, ou d'un Capote ! Il eût été illusoire d'espérer y trouver un Thomas Harris ! Cependant, beaucoup des ouvrages présents étaient, je ne peux le nier, d'auteurs prestigieux. C'est pour cette raison que je ne me suis pas senti légitime à l'accabler davantage, je regrettais seulement son absence d'affinités avec la littérature noire. Peut-être que ma prose l'y conduira… je voudrais juste que Léonor fasse une pause et qu'elle me lise. Pour cela, il faudrait qu'elle lâche un peu ce maudit aspirateur. Qu'elle arrête enfin d'épousseter tout ce qui se trouve dans cette maison ! Qu'elle cesse de tourner en rond. Qu'elle offre à sa vie une autre dimension.

L'autre jour, elle a sorti son harmonica de sa poche. Elle a soufflé dedans et autour tout s'est tu. Elle a mis de la couleur au monde juste en soufflant dans son petit instrument. L'instant était autre. Toi aussi, Marianne, tu produisais cette même magie avec ta voix ou en laissant courir tes mains sur le clavier du grand piano noir. Les coups de marteau sur les cordes faisaient jaillir du néant des ponts qui reliaient nos âmes. Les notes, comme des papillons, voletaient autour de nous et n'en finissaient pas de nous enchanter. Tout s'immobilisait, même le temps dans son immuable course. Je regardais Léonor du premier étage, elle s'était assise sur le banc de pierre que tu aimais tant. Elle serrait l'harmonica dans le creux de ses mains et le faisait glisser habilement sur ses lèvres en donnant de petits coups de gauche à droite selon les sons aigus ou graves qu'elle désirait produire. Elle en jouait avec agilité, et ce qui sortait de l'objet s'apparentait à une complainte. Une sensation nouvelle résonnait en moi. J'ai veillé à ce que rien ne vienne l'interrompre. Je sais combien il est doux de se laisser hypnotiser par la clarté extérieure, parce qu'à peine se retourne-t-on vers son intérieur, qu'il fait déjà sombre. Tu me disais souvent que c'est de nos parts les plus obscures que jaillit la lumière. J'ai, depuis elle, retrouvé des sensations. Il est peut-être question de résurrection. Ma résurrection. J'ai fermé les yeux, le front collé contre la vitre pour l'écouter plus fort. De sa musique sourdaient des fragments de notre vie passée. Ils éclaboussaient ma mémoire dans un ordre aléatoire. Dans l'un d'eux est apparu l'instant des promenades d'été. Elles étaient fêtes et magie. Je sortais de mes écritures. L'enfant et moi étions dans une joie constante. Quand elle courait, je courais à ses côtés jusqu'à la rivière, et là, nous nous amusions à sauter à pieds joints dans son eau claire, à nous asperger juste pour défier nos peurs et pour te faire rire. Ensuite, très appliquée, l'enfant posait quelques pierres sur un petit barrage qu'elle avait commencé le jour d'avant. Marianne, tu fredonnais l'une de tes mélodies, l'enfant reprenait avec toi le refrain. Nous revenions par les champs. Je m'enivrais des parfums sauvages des graminées en fleurs, l'enfant serrait dans sa petite main un frêle bouquet de coquelicots. Coquelicot, comme dans la chanson de Bashung que tu aimais tant. Souvent, nous chantions ensemble : « Seul m'ont laissé, les passions immortelles, seul m'ont laissé nos offenses, sommes-nous la sécheresse, sommes-nous la romance, sommes-nous la noblesse, sommes-nous les eaux troubles, sommes-nous le souvenir… ou le dernier coquelicot ».

L'hiver, nous avions nos heures de « promenades blanches », c'est ainsi que l'on nommait nos balades quand la neige s'était couchée sur la terre. Jack se roulait dans son onctueux tapis blanc. Trempé, il rentrait se sécher devant l'âtre flamboyant. J'aimais cette maison et ce que nous en avions fait. Aux poutres du salon, tu avais accroché toute une collection de vieux paniers en osier dans lesquels n'en finissaient plus de sécher des bouquets variés de fleurs, d'herbes et de plantes. Étrangement, j'arrive encore à percevoir leurs parfums. Cette senteur flottante n'est peut-être que le souvenir que je m'en fais. Blottis l'un contre l'autre dans le moelleux du canapé, nous jouions à reconnaître les senteurs charriées par l'orage qui fulminait là-haut, et c'est à ce moment que la terre détrempée exhalait ses délicieux effluves.

La sonnerie stridente de son portable a mis un terme brutal à mes rêveries. Il s'agissait encore de l'agent immobilier. Je vois clair dans son jeu. Cet homme aux fragrances de thym et de bergamote en pince sérieusement pour cette femme. À chacune de ses visites, je ne peux m'empêcher de le comparer à un paon. Aussitôt arrivé, il déploie son plumage en une gigantesque roue qu'il secoue habilement pour impressionner la belle. Malgré ses efforts, elle reste insensible à sa parade. Quelques secondes plus tard, le téléphone a de nouveau sonné, c'était encore lui. Il est consternant. Encombrant. Terriblement encombrant. En général, on se débarrasse de ce qui est encombrant… Léonor a raccroché, vaincue. J'ai compris qu'il ne tarderait plus. Je ne m'explique pas sa faiblesse. Comment peut-elle se laisser embobiner de la sorte ? Est-ce par faiblesse ? Ça ne lui ressemble pas. Et lui, comment s'y prend-il ? Qui est ce type ? Qu'attend-il de Léonor ? Pense-t-il seulement être capable de la prendre dans ses bras pour l'emmener loin de ses impuissances et asthénies. L'arracher à sa folie et la mettre à l'abri, comme je rêvais de le faire pour toi ?

Il y a eu cette seconde d'étourdissement et de confusion quand ton image s'est calquée sur la sienne. Je ne parvenais plus à ordonner mes idées. J'ai juste eu le temps de retenir un hurlement, en bâillonnant ma bouche avec ma main. Elle s'est arrêtée de jouer. Elle est rentrée dans la maison. Je l'entendais vivre. Je la savais dans la cuisine, plus tard dans l'escalier. Puis dans la salle de bains, le ronronnement de la brosse à dents électrique, le couinement des portes de la penderie, le tintement des cintres. Et ses pas de nouveau dans les escaliers. Dehors, le ronflement du moteur de la voiture qui se gare. La portière qui claque. Il a avancé vers elle, arrogant, satisfait, frais et pimpant, caché derrière ses lunettes de soleil, la démarche sûre, la main au ceinturon, semblable à un shérif sorti d'une de ces petites bourgades Américaines. Ils se sont salués. Elle a claqué la portière. Il l'a emmenée. Je les ai regardés partir. Je me suis précipité dans sa chambre.

J'ai cherché partout dans ses affaires, ses tiroirs pour trouver une odeur, une texture, un goût. Je devais saisir, comprendre quelque chose qui soit d'elle, quelque chose d'intime, de secret qui la raconte. J'ai pu mettre la main sur quelques trésors, cette femme me fascine. Je la regarde vivre, dormir si souvent. J'écoute ses plaintes, ses peurs. J'entends ses rires parfois, comme ses pleurs. Elle me fait penser à toi, mais je suppose que n'importe quelle femme me ferait penser à toi. Si seulement elle pouvait m'aider à me souvenir.

Dans mon roman, Morton, profite de leur absence pour s'introduire chez les femmes qu'il a choisies pour victimes. Il flaire, fouille dans leurs affaires qu'il renifle, caresse, frotte contre sa peau, goûte avec la pointe de sa langue. Ensuite, il quitte les lieux avec en poche, un bout de tissu provenant d'un caraco en soie, d'un soutien-gorge, ou d'une culotte en coton. Plus tard, la police retrouva ces petits bouts d'étoffe cachés dans l'un des orifices du corps. C'est sûr, Marianne, cette histoire-là, comme les autres d'ailleurs, tu ne l'aimeras pas. On dit que parfois, les personnages, certains, s'échappent des histoires. Ils quittent cette dimension fictionnelle pour se retrouver dans notre réalité. Te rends-tu compte Marianne, si Morton débarquait ici ?

Sur la table basse du salon, il y avait son harmonica, elle a dû l'oublier là. J'ai posé ma bouche dessus. Je n'ai pas osé souffler. J'ai juste posé ma bouche dessus, pour récupérer un baiser perdu.

Il faudra que je l'aide à mettre un peu d'ordre dans tout ce bazar. Rien n'est à sa place dans ce salon. Rien n'a de sens, ici, depuis elle.

CHAPITRE 23

À genoux

Sa phrase, comme un coup de poignard en plein cœur. Et voilà que je bascule du côté de l'horreur.

Je n'ai rien avalé de solide depuis plus de quarante-huit heures. Seul le bourbon m'aide à anesthésier mon chagrin. Je suis tellement triste, triste à en mourir. Dans l'état actuel des choses, je ne suis plus capable de rien. J'ai trouvé encore un peu de courage pour justifier mon absence prolongée à mes proches, en prétextant une sorte de grippe contagieuse, histoire de les dissuader de me rendre visite. En réalité, il est question d'une tout autre maladie. Une maladie bien plus terrible, une maladie grave. Parce qu'à mon âge, ce n'est pas normal, c'est pitoyable, voire risible. Si seulement je pouvais prendre assez de hauteur pour en rire. Malheureusement, la charge qui pèse sur ma poitrine est si lourde que je n'arrive même plus à quitter mon lit. Je me laisse ronger par le tourment, impuissant et résigné. Moi, Robert François, taiseux, mortifié, lâche, vulnérable et séculaire. Épris de Léonor, Elle, étincelante, insaisissable, pertinente, ensorceleuse et jeune. J'aime tout chez elle, même ce qui est le moins aimable. Terrassé à soixante-trois ans par l'innocence d'un sentiment dévastateur. Mon être entier réduit en cendre par cette passion incandescente et solitaire. Je suis tombé en amour. Tombé de haut. Je continue ma chute avec pour seul objectif, celui d'atteindre au plus vite le sol, pour que tout cesse enfin. Pauvre de moi. J'ai beau essayer encore et encore, je ne parviens pas à la chasser de ma tête. Elle est au centre de tout, tout ce que je fais, pense et suis. Léonor.

Les premiers jours ont été pénibles, sombres, longs, tellement longs. J'attendais, prostré toujours dans cette même position, allongé, chavirant du lit au canapé, du canapé au lit. Cependant, je ne dormais pas. Je luttais pour que mes yeux ne se ferment pas, pour éviter d'y voir l'horreur des spectres qui continuent de me hanter. Je m'efforce de garder les mâchoires serrées pour retenir mes sanglots, de peur que du tréfonds de sa tombe, mon père ne se mette à hurler, comme il le faisait lorsque j'étais enfant « Seuls les faibles et lâches pleurnichent ! les hommes, les vrais, ne pleurent jamais ! »

Très tôt, un matin, un peu avant l'aurore, quelques étincelles de vie me sont revenues. J'avais de nouveau faim et soif. J'ai pris un bain, j'ai rasé ma barbe. Je l'ai fait comme le faisait mon père, à l'ancienne. J'avais pu récupérer sa vieille trousse en cuir dans laquelle dormaient son blaireau, sa crème à savon et celle après-rasage. Il y avait aussi un paquet de lames et le coupe-chou en bois de cade que son père lui avait offerte pour ses vingt ans. J'avais oublié le temps qu'il faut à la préparation du savon, faire une mousse onctueuse et légère et l'appliquer sur la peau avec le blaireau par petits mouvements circulaires. C'était agréable, ça semblait si simple. Je me souviens, quand mon père se rasait, j'admirais sa précision et le bruit sensuel de la lame sur la peau. Il m'a fallu un long moment pour accepter de mettre un terme au massacre que je m'infligeais. Mes gestes n'avaient rien de semblable à ceux de mon père, ils étaient hésitants et maladroits, mon visage était en sang, mes joues en feu. J'entendais papa se ficher de moi. J'avais honte, le lavabo ressemblait à une scène de crime. Quand mes blessures auront cicatrisé, je me finirai à la tondeuse, comme j'ai l'habitude de le faire. J'ai jeté avec rage le nécessaire à rasage dans la trousse, en jurant de ne plus jamais m'en servir. Pour oublier cet échec cuisant, un de plus, j'ai entrepris un grand nettoyage dans toute la maison à défaut de pouvoir mettre de l'ordre dans ma tête, où subsistait toujours une pagaille proche du chaos. J'arrive encore à m'illusionner. Je pensais aller mieux, c'est sûrement pour cette raison que je n'ai rien vu venir. Je ne me suis pas rendu compte de l'ampleur que prenait mon obsession. Il n'y a rien d'alarmant dans le fait de parler seul, je l'ai toujours fait. J'ai en réserve quelques formules consolantes ou encourageantes pour les petites choses du quotidien. Il paraît même que c'est naturel et que bon nombre de gens le font. Sauf que là, les petites phrases anodines ont cédé leur place à de longs monologues que j'adresse directement à Léonor. Au début, il était question d'envolées lyriques dépeignant avec soin la nature flamboyante qui embrasait mes fenêtres, du lac bordé d'arbres rougissants, de l'éclatant jaune vif des aulnes mêlés aux éternels feuillages verts des grands sapins et des petites îles de tourbières rousses posées au hasard sur l'onde bleutée. Je lui parlais de la pluie des derniers jours qui avait été diluvienne et me comparais à la barque attachée au ponton qui n'en finissait pas de prendre l'eau. Je lui faisais état de tout : du nombre de bûches que j'avais coupées puis rangées avec méthode, du feu que j'allumais pour qu'elle ait moins froid, et même du ragoût qui mijotait pour notre dîner. Je parlais, parlais, je ne m'arrêtais pas de lui parler. Je lui racontais, avec une certaine aisance, l'apparition à sa fenêtre. Laissant ainsi aller le cours naturel de mon cheminement de pensées et de digressions, j'en vins à citer Nicole, que je devais épouser juste avant qu'elle ne décide de s'enfuir avec mon meilleur ami. Je continuais avec mes années en pensionnat, mes fugues imaginaires, mes week-ends entre copains. Je lui racontais aussi un peu de ma vie à Arcachon en lui décrivant rapidement mes parents : lui, son autoritarisme, sa violence parfois et son égoïsme, elle, son courage à le supporter, sa beauté bafouée, sa douceur. J'étais obligé de marquer des pauses parfois pour reprendre mon souffle. Ce que j'avais réprimé toutes ces années sortait de moi avec la même violence qu'une eau en furie faisant céder un barrage. S'ensuivirent Bordeaux, mon oncle, ma tante et mon cousin. Leur entreprise de pompes funèbres et de la thanatopraxie. Je lui parlais du défilé de corps. Vieux, jeunes, gros, maigres, en morceaux, défigurés ou en état de décomposition avancée, qui passaient entre les mains expertes de mon oncle. Il travaillait tous les jours, et ne se faisait remplacer qu'exceptionnellement. En certaines occasions, avec mon cousin, nous venions l'assister. Nos tâches relativement physiques, se limitaient à déshabiller et rhabiller des corps, avant et après que mon oncle avait prodigué les soins de conservations. Il avait toujours cet air sérieux et concentré. Ses gestes étaient précis et minutieux. Mon cousin très sensible aux odeurs qui s'échappaient du corps nous faussait souvent compagnie avant la fin des soins. Il n'était pas rare que je me retrouve seul avec mon oncle. Après les dernières touches de maquillage, le mort ne ressemblait plus à un mort, mais à un dormeur. C'est sûrement pour cette raison que j'ai choisi ce métier.

Diplômé, j'ai continué de faire mes armes à ses côtés, jusqu'à ce qu'il me juge enfin prêt à travailler seul. Je n'ai jamais travaillé pour une autre officine que la sienne. Je crois que j'aimais vraiment ce que je faisais en tout cas jusqu'à ce jour terrible. Il est des événements qui nous dépassent et qui remettent tout en question. Des phénomènes restés inexpliqués. Je n'ai jamais pu en parler à qui que ce soit. Le souvenir de cette journée suffit à me glacer d'effroi. J'ai fui, et ne suis jamais revenu. Je suis resté sur Bordeaux par facilité, même si ce que j'y vivais était sans intérêt. Après avoir quitté l'officine de mon oncle, j'ai travaillé comme barman dans un club de nuit. J'avais accepté ce travail pour ne plus subir mes angoisses nocturnes. On m'avait aussi proposé de faire chauffeur de taxi et de partager la voiture avec un autre type qui se chargeait des journées. L'idée aurait pu me séduire, s'il n'y avait pas ce temps d'attente seul dans la voiture. J'ai décliné la proposition parce que je voulais voir du monde, beaucoup, il fallait que je m'abrutisse de bruit, de visages. Au petit matin, quand je quittais le club, je passais prendre un café au bistrot du coin, puis je rentrais à la maison en longeant les quais de la Garonne avant de rejoindre un petit meublé que je louais rue Sainte-Catherine. Un matin en rentrant, j'ai vu ma vieille gueule dans le miroir, j'ai pensé qu'il était temps que j'arrête, que je passe à autre chose, que je quitte cette ville une bonne fois pour toutes ! Et le hasard m'a mené jusqu'ici. Si seulement elle voulait bien me laisser une chance parce qu'au fond, je suis sûr que notre rencontre n'est pas sans raison.

Je lui parlais d'amour, je lui récitais Verlaine, Hugo et Éluard, jusqu'à ce que le temps se fixe et que tout prenne une teinte étrange. Le sol s'est mis à trembler, les murs à onduler. L'air n'arrivait plus dans mes poumons, un gouffre s'ouvrait sous mes pieds. Ma mâchoire se crispait. À bout de souffle, je suis tombé à genoux, sentant mon sang cogner à mes tempes, dans ma poitrine frappaient des tambours furieux.

Je l'adore à la folie, de la façon la plus extravagante qui soit, jusque dans l'absurde. Je m'y vautre, sans complexe, sans peur d'être jugé, sans honte. J'irai la voir, je lui parlerai. J'accepterai qu'elle rie de moi, mais je vous en prie ! Faites qu'elle n'ait pas pitié. À la pitié, je préfère les affres du mépris !

CHAPITRE 24

Troubles

Le jour se levait doucement. J'entrais dans l'automne comme on entre dans un bar, sans trop savoir si le barman sera aimable, si le café sera bon. Je suis restée allongée à contempler les premiers rayons de lumière pâle rampant doucement sur les murs de la chambre. Jack est venu comme chaque matin coller sa truffe humide contre ma joue. Je lui ai fait une caresse en guise de bonjour. Il m'a décidée à me lever. J'ai ouvert les volets en grand et pris une large inspiration pour remplir mes poumons de cet air frais et nouveau. J'ai écarté les bras en croix, un peu comme on le fait quand on arrive enfin au bord de l'océan. Dehors, tout paraissait différent. J'étais émue de constater combien cette saison, si peu attendue, s'appliquait à exprimer de la plus jolie façon ses splendeurs funestes. Je trouvais que l'herbe était d'un vert presque printanier. Les tapis de feuilles tantôt rouges tantôt jaunes qui par endroits la recouvraient, formaient de joyeuses taches d'une naïveté enfantine. Dans l'air matinal flottaient des fragrances boisées que les mousses de chênes diffusaient sans relâche. Le verger était féerique. Certains arbres exposaient leurs fruits en abondance. Mon regard s'est porté sur un nuage dansant dans le ciel. Des centaines d'oiseaux virevoltaient en groupe dans un sens puis dans l'autre formant un ballet aérien d'une grande beauté. C'était la deuxième fois que j'assistais à pareil spectacle, on dit aussi que c'est une « murmuration ». Le mot est joli. Il laisse rêveur. Après avoir enfilé mon peignoir fétiche et rassemblé mes cheveux en un chignon négligé, j'ai suivi Jack dans l'escalier jusqu'à la cuisine. En laissant couler le café dans la tasse, m'est revenu en mémoire ce qui s'était passé la veille. Je n'aurais jamais imaginé Robert capable de harcèlement. J'ai dû éteindre mon portable pour ne plus être importunée. Dès son premier appel, j'ai compris qu'il n'était pas dans son état normal. Dans un de ses messages à peu près audible, il m'a indiqué son adresse et m'a suppliée de le rejoindre. Je ne l'ai pas rappelé, j'ai pensé qu'il valait mieux ne pas donner plus d'importance à ce malheureux incident. J'avais beau me répéter que ce type ne ferait pas de mal à une mouche, je n'étais pas tout à fait rassurée. Et s'il débarquait ? Il est des idées insensées, parfois, qui vous tombent dessus et auxquelles, sans plus d'explication vous accordez une absolue véracité. La peur sait être persuasive et peut conduire vers la déraison. Preuve en est, je me suis barricadée. Je suis même allée jusqu'à bloquer la porte d'entrée en coinçant le dossier d'une chaise sous la poignée. Je ne me pensais pas capable de gestes aussi absurdes et anxiogènes. J'aurais tout aussi bien pu veiller toute la nuit, assise dans le canapé, somnolente, le tisonnier à la main. Ce matin, en découvrant la chaise contre la porte, j'ai eu envie de rire.

Tu as toujours aimé te faire peur ! C'est probablement dû à ta lecture du moment. Tu sais, ce roman que tu as trouvé dans le grenier. Il va finir par te rendre paranoïaque, comme si tu n'avais pas suffisamment matière à nourrir tes troubles ! Ne bascule pas…

Ce pauvre Robert, s'il savait ! Il doit être tellement embarrassé à l'heure qu'il est. En déambulant d'une pièce à l'autre, ma tasse de café à la main, je n'ai pu m'empêcher de m'interroger sur mon comportement. J'en suis rapidement venue à la conclusion suivante : je n'ai rien à me reprocher. Jamais je n'ai eu le moindre geste équivoque. Je n'ai jamais cherché à le séduire. Tout en essayant de trouver une explication à son étrange comportement, je suis entrée dans le salon. Jack avait grimpé sur le canapé. J'allais l'en faire descendre, quand, en regardant autour de moi, j'ai compris que quelque chose s'était passé. Certains meubles avaient changé de place. Mon bureau tournait le dos à la fenêtre, le guéridon avait été placé de l'autre côté de la pièce près d'un fauteuil qui, lui, était initialement à la droite de la cheminée. J'étais abasourdie. Qui s'était introduit chez moi ? Comment ? J'ai couru jusqu'à la cuisine pour vérifier si la porte-fenêtre donnant sur le verger était toujours verrouillée, je n'étais pas encore sortie et je me souvenais de l'avoir fermée à double tour avant d'aller me coucher. Après vérification, elle ne l'était plus. J'ai fait rapidement le tour de la maison et n'ai vu aucun signe d'effraction. Je suppose que si quelqu'un avait forcé l'une des portes, Jack me l'aurait signalé en aboyant et il va de soi que ses aboiements m'auraient réveillée. J'ai eu besoin de plusieurs minutes pour recouvrer mes esprits, avant de m'apercevoir que je tremblais de la tête aux pieds. J'ai interrogé Jack du regard, il a levé la tête et disparu dans la cuisine. En rallumant mon portable, ma boîte vocale affichait six nouveaux messages et huit appels manqués. Son nom apparaissait en rouge, mon pouce s'est posé dessus presque instinctivement. La colère l'emportait haut la main sur la peur. Quelques secondes plus tard, il décrochait. Je n'ai pas reconnu sa voix tout de suite. On aurait dit celle de quelqu'un qui s'étouffait. Il y a eu des bruits bizarres, puis enfin sa voix, lointaine, hésitante. Il a balbutié mon prénom sur un ton interrogatif. En fond sonore, des bruits de pas. Les siens, je suppose. Peut-être que, pris de court, et ne sachant que répondre, il avait tout simplement posé son téléphone quelque part, jugeant qu'il avait mieux à faire que de subir mon interrogatoire… cette pensée m'a mise hors de moi. J'ai insisté. Je n'entendais que son souffle, puis, pour réponse, quelques borborygmes. Je lui ai demandé ce qui lui était passé par la tête pour avoir osé pénétrer chez moi sans y être invité et pour quelle raison absurde, il avait changé mes meubles de place. Il s'est mis à bégayer, je comprenais un mot sur trois. Il m'a demandé pardon plusieurs fois concernant les appels, mais restait silencieux à propos de sa venue. J'ai laissé passer un nouveau silence dans l'espoir qu'il se décide à avouer, mais rien ne venait. J'ai haussé le ton, dominée par la colère. J'ai reposé la question, il m'a servi un chapelet de « non », comme s'il n'avait plus que ce mot à son vocabulaire. Exaspérée, j'ai décidé d'en finir au plus vite en le menaçant une dernière fois d'appeler la police, puis j'ai raccroché froidement, en évitant volontairement toute formule de politesse.

De toute évidence, il n'avait pas dessoûlé ! Je l'imaginais titubant, le visage bouffi et rougeâtre, le regard glauque, les yeux striés, avec aux commissures des lèvres un filet de bave. Cette espèce de fou avait réussi à me faire douter. Aurais-je perdu la mémoire ? Avais-je changé mes meubles de place sans m'en rendre compte ? J'étais dans une totale confusion. Serais-je en plein ictus amnésique ? Je n'avais rien bu hier soir ! Étais-je en train de perdre la boule ? Dépitée, je me suis laissée tomber dans le canapé Jack m'y a rejoint très vite. J'ai passé ma main sur sa tête et l'ai interrogé. « Dis, c'est moi qui ai fait ça ? Tu m'as vue bouger les meubles ? » Il a levé la tête et l'a reposée aussitôt sur l'accoudoir. Même avec un supplément de croquettes, je n'aurai obtenu aucune information. Alors je suis restée là, assise auprès de lui, me triturant l'esprit pour comprendre ce qui s'était passé.

Qui était Robert, qui était cet homme ? Au fond qu'est-ce que je savais sur lui ? Il fallait que je me souvienne de nos conversations. M'avait-il livré à l'occasion un détail important sur lui-même ? Mais lequel ? Bizarre… Non, Je ne devais pas laisser plus de place à l'angoisse. Je la sentais déjà se diffuser partout en moi. Tout cela était absurde, après tout, il ne s'agissait que d'un pauvre type, seul, probablement alcoolique et perturbé. Il me fallait m'en convaincre et rester maître de moi pour ne pas laisser mon imagination me suggérer que peut-être, j'avais affaire à un de ces monstres qui déguste le foie de ses victimes avec des fèves au beurre, et un excellent chianti…

CHAPITRE 25

Au chat et à la souris

Les nuits sont devenues plus fraîches, du coup, elle ne dort plus dans le simple appareil. Quel dommage de voir son corps ainsi caché dans ce pyjama hideux ! En regardant autour de moi, j'ai essayé de retrouver ce que fut notre chambre à l'époque où tu étais encore là. La pièce avait beau être plongée dans une obscurité propice à ce type de mémento, je ne suis pas parvenu à retrouver, dans son exactitude, ce qu'elle a été. Je me souviens seulement que nous dormions nus, serrés l'un contre l'autre et que nous n'avions jamais froid. Avec qui passes-tu tes nuits à présent ? Le seul fait de t'imaginer tout contre un autre me soulève le cœur.

L'autre nuit, je l'ai regardée dormir, et pour m'assurer de la profondeur de son sommeil, j'ai approché mon visage du sien pour mieux sentir son souffle. Il était chaud et légèrement mentholé. Ses cheveux sentaient le miel et la vanille. En sortant de la chambre, j'ai eu l'étrange impression que celle qui dormait là n'était autre que toi. Il m'arrivait souvent de t'abandonner, quand, en pleine nuit, l'inspiration me sortait de notre lit.

Je suis resté un moment debout dans l'embrasure de la porte avant de descendre. Dehors, le vent automnal frappait les volets. Sur la table de la cuisine, il y avait un paquet de pain de mie, un pot de confiture et un autre de beurre de cacahuète. Je me suis souvenu d'avoir aimé ça. J'ai eu subitement l'envie de retrouver son goût, sa texture si particulière et j'ai souri, pensant que mon roman l'avait influencée au point de se nourrir comme mon personnage. J'ai pris deux tranches et tartiné leur face blanche et molle de pâte couleur sable. Dès la première bouchée, j'ai été expédié dans mon enfance. Je me suis retrouvé assis en tailleur sur le vieux tapis râpé qui recouvrait les planches rêches de ma cabane. C'est dans ces quatre mètres carrés perchés dans les arbres que je donnais rendez-vous à mes écrivains de prédilection. Poe, Wilde, Irving, et Stevenson étaient des habitués des lieux, mais ma porte restait ouverte à tous ceux qui avaient le pouvoir de raccourcir mes nuits. Un après-midi brûlant d'août, en refermant l'un de ces romans, je m'étais fait la promesse d'en écrire moi aussi et d'en vivre. Ce souvenir m'a retourné.

J'étais devenu cet écrivain de thrillers. Qui suis-je à présent ?

… sur la table basse traînait mon roman. L'a-t-elle terminé ? L'a-t-elle aimé ? Je l'ai ouvert au hasard et suis tombé sur cette phrase : « La peur te va bien, elle te fait ce teint laiteux qui tranchera parfaitement avec le rouge de ton sang ! » Je me souviens, c'est l'une des phrases que Morton aime citer quand il s'amuse avec une fille ramassée sur une route un soir de pluie. En général, la malheureuse est attachée sur une chaise, nue, ou presque, un bâillon adhésif sur la bouche. Quant à la corde qui lie ses poignets et ses chevilles, Morton veille à ce qu'elle ne soit pas trop serrée. Ce n'est pas par souci de confort pour sa victime, c'est juste pour qu'elle puisse défaire les liens et s'échapper. Il sait qu'elle ne pourra jamais s'enfuir du vieux chalet. Les portes, malgré leur nombre, sont toutes parfaitement verrouillées. Il ne laisse rien au hasard. Il sait les gestes qu'elle aura et il les anticipe. Il la laissera hurler pour qu'elle s'épuise plus vite. De toute façon personne ne l'entendra. Le chalet est perdu au beau milieu d'une immense forêt.

En attendant qu'elle émerge, il sirote une bière en se balançant dans le rocking-chair installé juste en face d'elle. Puis, il ferme lentement les yeux, et se laisse envahir par l'extase que lui procure le souvenir de son dernier crime. Il se demande si elle sera différente des autres. Ce ne sera pas trop long, il le sait, parce qu'il ne force jamais sur l'halothane. Puis, arrive le moment qu'il préfère ; celui où la fille reprend conscience. Il l'observe et saisit dans ses yeux à demi-ouverts la fulgurance des premières lueurs de panique.

Alors s'enchaînent toute une série de réactions qui le font jubiler. D'abord les pupilles se dilatent, ensuite, le pouls s'affole, il peut le voir aux petits soubresauts de plus en plus rapides de ses carotides et des veines sur ses tempes. Sur les bras et les cuisses de la fille, il admire les poils soyeux qui se dressent comme par magie. Elle se débat, gesticule, cherche de l'air, inspire fort par les narines, elle suffoque et gémit. La terreur déforme son visage. Il se joue d'elle, imite ses grimaces. Quand la fille s'est enfin détachée, à voix haute, il lance le compte à rebours en partant de 20, ensuite, il se lancera à sa poursuite. Le jeu durera toute la nuit. Au petit matin, il ira jeter les morceaux du corps le long de la voie ferrée, à quelques kilomètres du chalet, à moins qu'il n'aille jusqu'à la rivière… En rentrant, il fera un crochet chez Veurjy's, avalera un petit-déjeuner, puis il rentrera pour dormir un peu. Ce n'est qu'à la nuit tombée, au volant de sa vieille Ford, qu'il sillonnera les routes sombres et isolées en quête d'une nouvelle proie. Ensuite, il quittera le Vermont pour rejoindre le Canada. Cette idée lui trotte dans la tête depuis plusieurs jours, depuis qu'il a compris qu'un agent du FBI était sur ses traces. C'est pour cette raison qu'il a changé si souvent son modus operandi. Il est hors de question qu'il se mette en danger en s'éternisant dans le coin. Cela fait presque six ans qu'il joue au chat et à la souris avec la police des différents États qu'il a traversés. Même le FBI ne l'effraie pas. Il a une belle avance sur tout ce petit monde, et pense qu'il n'a pas fini de les faire courir.

Mon éditeur adorait l'idée que j'en fasse une saga. Il m'avait demandé de produire la suite. J'avais déjà écrit sept tomes. Il comptait sur moi pour le huitième. Il m'appelait plusieurs fois par mois pour prendre des nouvelles sur l'avancée de mon travail, « Les lecteurs attendent, Joe, il serait temps que tu m'envoies ton manuscrit ! » Lui aussi a disparu ! Je m'efforce de garder la tête hors de cette eau boueuse sur laquelle flottent des fragments de mon histoire.

Nous avions la nôtre, Marianne, comment s'est-elle terminée ? Parfois, il m'arrive d'imaginer le pire. Aurais-je été capable de commettre l'irréparable ?

J'ai beau sonder ma mémoire, rien ne vient. Quel est mon dernier souvenir de toi ? Je sens déjà mes os craquer sous les crocs de cette amnésie vorace. Malgré moi, j'avance dans ces méandres obscurs. Quelle ironie perfide, je ne connaîtrai pas notre fin ! Je m'en irai sans savoir, sans même avoir eu le temps de nous réinventer. Quelle fin tragique pour un écrivain…

Il y a eu le bruit du moteur de sa voiture, puis les faisceaux lumineux de ses phares ont balayé l'herbe, les arbres et la façade en pierre. J'avais oublié cette femme, tu sais celle qui veut prendre ta place. J'ai bondi dans la maison. Je n'ai pas eu le temps de remonter, alors, je me suis glissé au fond du placard de la cuisine, entre les balais et l'aspirateur. Depuis l'embrasure de la porte, j'épiais chacun de ses gestes. Morton en faisait tout autant dans ses parties de cache-cache. Quand la fille recroquevillée dans un coin sombre de la maison pensait être enfin à l'abri, Morton était toujours à quelques pas d'elle en train de l'observer, un sourire en coin. Il attendait, savourant son plaisir, avant de lui sauter dessus.

Léonor semblait agitée, elle faisait les cent pas de la cuisine au salon en se tordant les mains. Je n'arrivai pas à saisir la totalité de ce qu'elle marmonnait, j'ai juste compris qu'il s'agissait encore de cet idiot d'agent immobilier. Elle a vidé son sac de courses avec des gestes brusques que je ne lui connaissais pas. Je ne l'avais encore jamais vue dans cet état. Elle ouvrait et fermait la porte de son frigidaire, faisait claquer celles des placards, tirait les tiroirs exagérément. Que s'est-il passé ? Elle a saisi avec rage un bouquet de roses blanches qu'elle a disposé dans un vase, et a disparu avec lui.

Je l'ai entendue monter à l'étage. L'eau qui remplissait la baignoire faisait vibrer la tuyauterie. J'ai pu enfin sortir du placard. En rejoignant ma pièce secrète, j'ai jeté un rapide coup d'œil dans le salon, et découvert qu'elle avait remis les meubles à leur place. Décidément, cette fille a du tempérament ! Morton, c'est sûr, l'aurait adorée !

CHAPITRE 26

Gueule de bois & nerfs à vif

Le téléphone a sonné. J'ai réussi à décrocher malgré l'alanguissement dans lequel je me trouvais. Je m'attendais à tout, sauf à Léonor.

L'effusion de griefs n'a duré que quelques secondes. Puis elle a raccroché.

Je suais à grosses gouttes, tout en luttant contre une insupportable envie de vomir pendant que des marteaux-piqueurs démolissaient l'intérieur de mon crâne. J'avais beau prendre ma tête entre les mains pour essayer de calmer le supplice, rien n'y faisait. Pendant son appel me sont remontées des bribes de mes exploits de la veille.

Je me sentais pareil à un misérable ramassis organique, une espèce de chose que l'on n'ose à peine regarder, tant elle inspire le dégoût. J'étais paralysé par la honte. Jamais jusqu'ici je n'ai éprouvé dans ma chair, pareil bouleversement.

Comment ai-je pu en arriver là ? Serais-je la source de ma propre damnation ?

Sous les effets de l'alcool encore très présents, ses vociférations exacerbaient mes sens, si bien que sa voix, ses accusations me devenaient insupportables. Elle était hors d'elle, c'était sûrement pour cette raison qu'elle m'accablait de tous ces faits étranges. Je suis pratiquement certain de n'avoir pas mis les pieds chez elle. À vrai dire, je ne suis plus sûr de rien. Je ne me souviens pas. Je ne suis plus capable de rien, juste de me laisser glisser lentement contre le mur. Oublier. Dormir. Attendre que cesse la tempête et que revienne le calme…

Une douche glacée et quelques tasses de café plus tard, j'ai envisagé la possibilité de tenir à nouveau debout. La digestion de cette épouvantable turpitude s'avérait longue et douloureuse. Comment réparer ce que j'avais détruit ?

Le soleil peinait à percer l'épaisse couche nuageuse. Sur le lac, la brume vaporeuse s'étendait avec grâce et lenteur. Bientôt, les arbres colorés et les hauts sapins ne s'y refléteraient plus. Seule, émergeait l'extrémité du ponton de bois. La barque avait disparu. Effacée. La nature faisait silence sous le poids de cette masse informe et blanchâtre, elle semblait plongée dans une sorte de torpeur.

Je suis resté là, le nez collé à la fenêtre, sans rien attendre, quand la sonnerie de mon portable a retenti de nouveau. En jetant un œil sur l'appareil, j'ai vu son nom s'afficher, à ma grande surprise. J'ai hésité un peu avant de répondre, puis en allant m'asseoir dans le fauteuil qui faisait face au lac, j'ai choisi de l'accueillir sur un ton enjoué, occultant volontairement son abominable appel du matin.

Elle semblait paniquée. Ce n'était pas la même Léonor que tout à l'heure ! Le dragon s'était changé en agnelle tremblante et apeurée. Elle m'a reposé cette même question assommante, ce à quoi j'ai répondu froidement non. Elle s'est excusée et m'a expliqué la raison de son insistance. De toute évidence, quelqu'un s'était introduit chez elle et avait, entre autres, changé ses meubles de place. Mais, le plus étrange était l'ensemble des livres de sa bibliothèque qui avaient été rangés par ordre alphabétique : « ça, je ne le fais jamais ! je les classe toujours par maison d'édition ! » m'assura-t-elle. Son trouble était tel, qu'elle en venait à mettre en doute sa santé mentale. Évidemment, j'ai compris tout de suite ce qui se passait là-bas. Je savais qu'elle ne divaguait pas. Un frisson d'effroi m'a parcouru l'échine. Il était hors de question que je la rejoigne comme elle me le suggérait. Je lui ai proposé de venir chez moi en lui indiquant mon adresse ainsi que quelques repères qui l'aideraient à trouver la maison. Elle a accepté et raccroché.

J'ai un peu plus d'une demi-heure devant moi pour mettre un peu d'ordre, allumer un feu et préparer du café, afin de l'accueillir correctement. Il faut aussi que je réfléchisse vite, que je trouve les mots.

Mais bon sang, comment trouver les mots ? En admettant qu'elle n'éclate pas de rire à la simple évocation du mot fantôme et qu'elle ne remette pas en doute ce que j'ai vu si distinctement, elle en viendra de toute évidence à me demander pour quelle raison je n'en ai pas fait mention au moment de l'achat. Évidemment, je vais me sentir honteux, voire minable. C'est ce que j'ai été, je ne peux le nier. Je lui expliquerai les raisons qui m'ont poussé à me taire. Elle me pardonnera, peut-être, avec le temps on finit toujours par pardonner. En continuant de ranger, j'ai attrapé la bouteille de bourbon qui traînait sur la table, j'ai pensé qu'un verre ou peut-être deux me donnerait un peu de contenance. Le premier, je l'ai bu plus vite que je ne me l'étais servi, ensuite machinalement, est venu le deuxième, quant au troisième, je m'étais promis qu'il serait le dernier. Il avait pour mission de faire disparaître la peur. Peur. Je craignais tellement de ne pas être à la hauteur, d'être ridicule, empêché. Cette femme que j'adore, a aussi le pouvoir de me terroriser.

Évidemment, je me doutais bien que ça arriverait, de toute façon le secret devenait encombrant. Il y a fort à parier, qu'elle ne l'aurait jamais achetée si elle avait été au courant de l'histoire. Je n'ai compris que trop tard que tous ceux qui avaient visité cette maison ne venaient pas pour l'acheter, mais pour s'offrir quelques minutes de frayeur, je n'avais affaire qu'à une bande de crétins en mal de sensations fortes ! De toute façon, cette maudite baraque allait sortir de notre catalogue, car le mandat de vente déjà renouvelé une première fois arrivait à son terme. Alors que je n'avais plus aucun espoir de la vendre, Léonor est arrivée. Elle semblait débarquer de nulle part, innocente, à mille lieues de tous ces commérages. C'est pour cette raison que je suis un salaud. Comment ai-je pu me conduire ainsi avec cet ange tombé du ciel ? Un quatrième verre était plus que nécessaire pour faire passer la culpabilité qui m'obstruait la gorge.

Jugements et récriminations ont été balayés en un instant par l'évidence qui m'a explosé au visage : Léonor et moi sommes faits l'un pour l'autre.

La première fois que nos regards se sont croisés, j'ai tout de suite compris qui elle était. Je l'ai reconnue. J'ai eu la conviction de l'avoir toujours aimée. Mon adorée. Ma divine. Elle m'aimera.

En attendant que Marcel débarrasse sa maison de cette chose malfaisante, je lui proposerai de venir passer quelque temps chez moi. Elle va adorer le chalet. Il est confortable et offre une vue magnifique sur le lac et la forêt. Je vais lui préparer la chambre d'amis qui est à l'étage. Elle m'aimera. C'est la plus spacieuse, elle a sa propre salle de bains, ses placards et son petit balcon. Elle sera bien. Je lui rendrai la vie douce. Elle pourra, si elle le souhaite, venir avec le chien. Je lui ferai de la place pour qu'elle installe ses affaires. Elle m'aimera. On fera tout comme elle veut. Tout comme elle aime. Je m'occuperai du ménage, des courses. Je coifferai ses longs cheveux, la baignerai. Je lui peindrai les ongles de pieds et des mains. J'en ferai une princesse, ma princesse. On sera bien tous les deux, juste tous les deux. Peut-être qu'elle me résistera un peu au début, puis elle s'habituera. Oui, elle finira par m'aimer. Elle m'aimera. Pour qu'elle oublie son passé, je lui inventerai une nouvelle vie. Je veillerai sur elle comme le lait sur le feu. Rien ne viendra s'interposer entre nous. Rien. Pas même elle ni cette chose chez elle. Et s'il le faut, j'irai mettre le feu à cette maudite baraque ! Je me sens invincible, plein de cette fougue, comme si j'avais vingt ans ! Elle m'aimera comme je l'aime.

J'ai encore tant à faire, avant que de sa présence, elle n'illumine mon antre.

Ranger la maison. Faire du café. Aller chercher du bois. La guetter.

Disposer les fleurs sur la table, arranger les coussins sur le fauteuil. Virer les bouteilles vides. Changer la poubelle, aérer un peu. Coiffer mes cheveux. Parfumer mon torse. Changer de chemise. La guetter.

Calmer ce feu qui me consume en attendant que sa présence le rallume. Attendre.

CHAPITRE 27

Désordre

J'ai hésité à prendre Jack avec moi. Puis, j'ai pensé qu'il valait mieux qu'il reste là, pour garder la maison.

Quarante-cinq minutes, c'est ce qu'indiquait le GPS pour arriver jusque chez Robert. Pas d'autoroute, juste des départementales. La route eût pu être agréable s'il ne tombait pas des trombes d'eau. J'ai dit oui. Je n'ai pas réfléchi. J'étais, encore en état de choc.

Assise au volant, la clef de contact dans la main, j'ai hésité un moment avant de l'introduire dans le neiman ; Et si en y allant je me jetais dans la gueule du loup ? Non, impossible, ce n'est pas lui. Il ne peut pas être capable de ça.

J'ai tourné la clef, le moteur a ronflé au début, puis, la première enclenchée, il a émis un bourdonnement régulier. Qui alors ? Peut-être que je devrais prévenir la police… que vont-ils penser de cette improbable histoire ? Ils vont sûrement me prendre pour une folle, une espèce de mythomane. Je les imagine bien me suggérer avec un petit sourire en coin de faire changer les serrures. Non, mais qu'est-ce que je suis venue faire ici ? Dans quoi me suis-je embarquée ? Pourquoi les instants heureux sont-ils si fugaces ? Je commençais à me sentir bien ici, vraiment bien. J'avais des projets, j'ai même commencé à écrire. Peut-être cette maison ne veut-elle pas de moi ?

Ce doit être ça ! On nage en plein délire ma pauvre fille ! Reste plutôt concentrée sur la route au lieu d'échafauder des théories aberrantes, tu vas finir dans le décor !

C'est vrai, tout cela est totalement absurde, comme le fait de prendre la route par un temps pareil.

La pluie tombait en abondance et formait un épais rideau qui floutait la route. Même en actionnant au maximum la vitesse des essuie-glaces, j'avais peu de visibilité. Les violentes bourrasques déportaient la voiture de gauche à droite. J'étais tendue, la nuque raide et les mains crispées sur le volant. Jusqu'ici, je n'avais croisé aucune voiture, je priais pour qu'il en soit ainsi jusqu'à mon arrivée. L'averse diluvienne qui s'abattait sur la tôle du capot produisait un tel vacarme que je ne m'entendais plus penser. Cette pauvre Cerise était bien mal insonorisée. Encore heureux qu'elle fût étanche !

Après avoir marqué un stop, je me suis engagée sur la gauche comme me l'ordonnait la voix synthétique. Un panneau en bois formant une flèche indiquait l'entrée en forêt de Morry.

Le vent s'était un peu calmé. Depuis peu, je roulais sur la route du lac qui était plus étroite que celle que j'avais précédemment empruntée. Elle n'en était pas moins agréable et traversait une épaisse forêt de sapins. De chaque côté, défilaient, majestueux, les troncs foncés à l'écorce épaisse et écailleuse. Ils semblaient s'élancer vers le ciel pour aller le toucher. Je ne m'étais encore jamais aventurée par ici, c'était joli, même sous la pluie. Je me suis laissée submerger par une douce vague de quiétude.

L'errance a quelque chose d'exaltant. Elle permet entre autres d'échapper à toutes ces futilités et tracasseries qui polluent notre quotidien. Si je voulais, je pourrais tout aussi bien suivre cette route jusqu'à sa fin ; rouler sans but précis et laisser l'indécente beauté qui m'entoure effacer mes bleus à l'âme. Au lieu de ça, j'ai accepté l'invitation de Robert. Je sais déjà combien ce tête-à-tête risque d'être ennuyeux. Qu'a-t-il de si important à me dire ?

J'imagine qu'il doit ressentir le besoin de justifier sa conduite de l'autre soir ! Je ne vais sûrement pas échapper à la scène des excuses ! Soit ! Qu'il fasse vite, mais qu'il nous épargne la grande scène de mélodrame, je l'en sens tout à fait capable !

Tu as raison ! Prépare-toi au pire ! Attends-toi à ce qu'il se répande en excuses ! Tu peux l'imaginer sans peine, il aura le teint pâle, la bouche pâteuse et peut-être même l'œil humide ! Ses mains trembleront sans doute. Il ne tiendra pas en place et manquera de vaillance au point de fuir ton regard. Peut-être même qu'il se frappera le cœur en psalmodiant d'inaudibles paroles dans une litanie pathétique et sans fin. Ensuite, se couchant à tes pieds, il implorera ton pardon. Te demandera de l'absoudre, ce que tu feras avec empressement pour que cesse cette insupportable comédie ! Tu n'oseras plus lui poser la fatidique question sur son éventuelle venue ! Tu trépigneras d'impatience pour qu'il te dise enfin l'importante chose qui t'a conduite jusque chez lui ! Ne bascule pas...

Soudain, un chevreuil roux brun a surgi sur le bord de la route. Il devait être jeune, ses bois étaient plus petits que ses oreilles qui se mouvaient indépendamment l'une de l'autre dans toutes les directions.

J'ai stoppé instantanément la voiture. J'ai pensé qu'une battue l'avait peut-être délogé pour le conduire jusqu'ici. À l'automne, les chasseurs pullulent comme les boutons d'acné sur le visage de l'adolescent ! J'étais heureuse qu'il ait pu échapper à cette horde d'abjects dépeceurs. J'ai admiré sa démarche élégante et souple. En quelques secondes il avait atteint l'autre côté de la chaussée. Il s'est immobilisé un instant, et a tourné la tête dans ma direction. J'ai remis le contact et roulé doucement pour arriver à sa hauteur. Il y a eu cet instant bref et intense où nos regards se sont croisés, puis en deux bonds le chevreuil a disparu dans les profondeurs boisées.

Quelques kilomètres plus tard, se détachait du ciel cendré une enseigne lumineuse aux scintillements multicolores. Arrivée sur l'aire, j'ai garé Cerise entre deux énormes pick-up. Elle paraissait ridiculement petite entre ces deux mastodontes. Elle me faisait penser au petit pavillon que Tatiana, pour des raisons sentimentales, s'était opposée à vendre, malgré l'offre généreuse des promoteurs. Du coup, sa maison s'était retrouvée coincée entre deux immeubles. Tatiana avait fini par leur céder. Avec les gains de la vente, elle s'était racheté un petit deux-pièces, juste en face de la tour Montparnasse…

La boutique qui jouxtait la station essence exposait des canoës de différentes couleurs le long de sa façade. Il y avait aussi des gilets de sauvetage empilés les uns sur les autres, des rames jetées en vrac dans une colonne faite de pneus et tout un éventail d'articles de pêche. À l'intérieur, de l'autre côté des rayonnages alimentaires, un comptoir ceinturé de hauts tabourets de bois invitait à une pause. Je m'y suis installée et ai commandé un café. Le type à côté de moi avait vidé de moitié son verre de bière et montrait un profond intérêt pour la lecture d'un journal aux titres racoleurs. Machinalement j'ai jeté un œil. Il y était question d'un fait divers sordide. Une femme aurait été retrouvée sans vie dans une vieille grange, par les pompiers qui intervenaient pour éteindre un incendie (…).

« La gendarmerie et les services concernés ont lancé un avis de recherche à partir des maigres indices qu'ils ont pu réunir. À ce jour, personne n'est venu réclamer le corps de la malheureuse. On ignore si elle avait une famille, des enfants (...) »

Pour agrémenter son texte, le journaliste avait joint une photo en noir et blanc, sur laquelle deux pompiers transportaient la dépouille dans une housse mortuaire, à quelques mètres de la grange fumante.

J'ai laissé le café que l'on venait de me servir, suis sortie en allumant une cigarette. Des larmes roulaient sur mes joues.

Quelle étrange association d'idées !

Toi qui pensais avoir réglé le problème de ta mère, te voilà bousculée par un malheureux fait divers ! On dirait qu'il y a comme un désordre dans ta tête. Un sacré désordre !

Est-ce qu'elle y est encore ? Ils l'auront peut-être transférée dans un autre hôpital, ou un hospice ? Est-elle toujours en vie ?

Et Robert ? Appelle-le pour lui dire que tu ne viendras pas. Non, évite les complications, envoie-lui un texto. Sois brève et concise. S'il te rappelle, ne décroche pas !

Je connaissais par cœur l'adresse de l'hôpital. Je lui écrivais des lettres, avant. Puis je me suis lassée d'attendre les siennes. Mes larmes coulaient sans discontinuer.

Peut-être que je devrais appeler l'hôpital avant, pour être sûre qu'elle y séjourne toujours ?

CHAPITRE 28

Ou le dernier coquelicot

Je n'ai pas compté les nuits qui ont succédé aux jours. Je ne sais pas depuis combien de temps je suis là, sans toi, Marianne. Pas plus que je ne sais quand Léonor est arrivée chez nous.

Je l'ai regardée monter dans sa voiture après avoir gratifié Jack d'une caresse. Il pleuvait à verse lorsque son drôle de petit véhicule rouge a disparu dans le chemin. Je suis allé dans la salle de bains, pour trouver de quoi calmer mes migraines. Je me suis planté devant le miroir. L'image qu'il m'a renvoyée m'a laissé dans un état de grand accablement. J'ai passé les mains dans mes cheveux en bataille pour les coiffer un peu. Ma barbe mange mon visage jusqu'à ma gorge. Mes ongles sont longs, mes épaules ont fondu comme presque la totalité de mon corps. J'ai l'apparence d'un revenant des camps de l'horreur, flottant dans sa tenue rayée. Seul mon squelette paraît résister. Les guenilles qui le cachent tomberont bientôt en lambeaux.

Voilà ce que tu as fait de moi Marianne. À présent, je ne suis que ruines perdues dans l'assombrissement de ton souvenir.

A contrario, elle, c'est un peu de lumière, un peu d'espoir, et qui sait, peut-être même un retour à la vie. J'ai compris en écoutant sa conversation avec lui, qu'elle allait le rejoindre. Je ne voulais pas lui faire peur, je voulais l'aider à s'en débarrasser. J'ai échoué.

Qu'a-t-il bien pu lui raconter pour qu'elle accepte d'aller chez lui ? Je me suis trompé sur elle, voilà tout ! Je pourrais laisser s'exprimer ma rage et tout dévaster ici. Je pourrais commencer par la cuisine, vider les placards, casser sa vaisselle, retourner la table et les chaises, dans le salon, éventrer son canapé, renverser sa bibliothèque. À l'étage, inonder la salle de bains en bouchant les siphons et en laissant les robinets déverser toute l'eau des torrents. Je pourrais retourner son lit, défaire sa penderie, lacérer ses vêtements, détruire ses pages de mauvaise littérature, et signer mon exploit de mon sang sur tous les murs, puis briser toutes les ampoules de la maison, ainsi, dans une totale obscurité, caché dans un coin, j'attendrais qu'elle rentre…

Mais non, je ne ferai rien de tout ça.

Elle ne va pas revenir avant la nuit, alors, j'ai fait comme avant, quand j'attendais que tu rentres, Marianne. Je suis allé dans la cuisine faire chauffer un peu d'eau pour un thé. L'album *Fantaisie militaire* était posé négligemment sur le fauteuil. Elle l'a écouté toute la matinée. Il y a cette chanson que nous nous étions appropriée, Marianne. Te rappelles-tu ?

J'ai fait glisser le vinyle de sa pochette, je me souviens que l'illustration était pour toi une référence à *l'Ophélie* d'Hamlet, moi j'y voyais *Le dormeur du Val* de Rimbaud. Aujourd'hui, cette photo illustre parfaitement l'état dans lequel je me trouve. L'homme qui gît dans cette eau verdâtre n'est autre que moi. J'ai placé délicatement la galette noire sur la platine. J'ai soulevé le bras pour positionner le diamant sur le premier sillon. Ensuite, il y a eu les petits craquements du début, je les ai toujours associés aux trois coups frappés sur la scène avant le lever de rideau.

Je me suis confortablement calé dans le canapé, et j'ai écouté. Les couplets s'enchaînaient. Les mots sur leur monture lyrique tambourinaient aux portes de ma mémoire : sommes-nous les eaux troubles ? Sommes-nous le souvenir ? ou le dernier coquelicot… cette petite phrase à l'apparence anodine s'est subrepticement glissée dans un recoin de mon cerveau, à l'endroit même où siègent les émotions. Rapide comme une anguille, elle a fini sa course en heurtant un vieux souvenir endormi.

Lorsque l'on frotte deux pierres sulfureuses l'une contre l'autre, on a de grandes chances d'obtenir une étincelle. L'inévitable fulgurance s'est produite à l'intérieur de mon crâne.

Soudain, au loin, il m'a semblé entendre les rires de l'enfant. J'ai senti une forte oppression dans ma poitrine. Mes yeux se sont embués. Puis le brouillard s'est dissipé et vous êtes apparues toutes les deux.

Vous étiez là, près de moi. Nous regagnions la maison à travers champs. Le soleil déclinait doucement. Dans sa délicate petite main, elle tenait fièrement la dernière fleur rouge de l'été qui touchait à sa fin. Elle t'a chuchoté quelque chose dans le creux de l'oreille. Ta bouche a baisé son front. Quand nous sommes arrivés, l'enfant a gravi l'escalier à toute allure, pressée de rejoindre sa chambre et ses jouets. J'ai voulu te prendre dans mes bras, mais tu t'es défilée pour disparaître dans la cuisine. Je sentais bien que quelque chose ne tournait pas rond. J'ai préféré l'ignorer. Je suis resté un moment dans le salon, regardant par la fenêtre, les yeux dans le vague, inapte à tout, même à te parler, très certainement pour éviter d'entendre ce que je savais déjà et que je refusais en bloc. Tu es revenue avec deux verres de vin, tu m'en as tendu un, puis, tu t'es assise près de moi sur le canapé. L'éclat de tes yeux était différent. Tu ne me souriais pas. Là, encore, je me suis persuadé qu'il n'était question que de fatigue. Après tout, tu revenais d'une tournée de deux mois, tu avais de quoi être claquée. Ça tenait la route ! Et s'il était question de quelque chose d'autre, de grave, je n'avais ni l'envie ni la force de l'affronter. J'étais tout juste capable de me retrancher derrière une forme de mutisme. Sans doute que ce qui arrivait était entièrement ma faute. La cause, je ne la connaissais que trop bien. Les derniers mois n'avaient pas été de tout repos. De toute évidence, je n'étais plus bon à rien. Je ne savais plus, ne pouvais plus écrire. J'étais atteint d'un mal redouté de tous les écrivains. Je souffrais de leucosélophobie. L'orgueil et le doute m'avaient attiré dans une impasse d'où il m'était impossible de sortir. J'étais pris au piège, bloqué au beau milieu du roman. Je goûtais malgré moi aux saveurs amères et pernicieuses du syndrome de la page blanche.

Je ne dormais que très peu. Les quelques heures de ce sommeil qui se devaient réparatrices, me projetaient inlassablement cet affreux cauchemar. Rien n'y faisait. J'avais beau reculer l'heure de me coucher, Morton était toujours là, impassible, à m'attendre de l'autre côté de mes paupières.

Dès que je fermais les yeux, je le retrouvais assis dans mon fauteuil, le nez sur mon dernier chapitre, lisant à haute voix ce que j'avais, au prix d'heures éprouvantes, tenté de coucher sur le papier.

« C'est prodigieusement mauvais ce que tu écris en ce moment Joseph, c'est indigne de toi, de nous ! Serais-tu devenu ce que tu redoutais tant ? Un pauvre scribouillard infoutu de retrouver sa verve d'antan ? Aurais-tu oublié le grand dessein auquel tu me destinais ? Tu as intérêt à te remettre au boulot et à me rendre ma place, la vraie, celle que j'avais dans les tomes précédents ! Tu vas commencer par faire le ménage en dégageant tout ce qui te parasite et suce ta substantifique moelle. L'écriture est une déesse terriblement exigeante. Quels sont tes sacrifices et tes offrandes en retour de ses grâces ? Tu dois gratter, gratter jusqu'à l'os. Écrire avec ton sang, mettre tes tripes sur la table… Mais avant, fais-moi le plaisir de nous débarrasser de tout ce superflu ! »

Puis il se retournait vers moi et pointait son index sur le petit cadre dans lequel tu posais. Ensuite, il passait son doigt tendu sur sa gorge, mimant l'égorgement.

« Je suis sûr que tu comprends ! Ne me regarde pas comme ça, c'est pour ton bien Joseph, tu me remercieras plus tard. »

Il avait un petit rire ironique, c'est toujours à ce moment-là que je me réveillais trempé de sueur. Pour calmer mon tourment, je venais me blottir contre toi. Seuls ton odeur suave et ton souffle lent avaient le pouvoir de m'apaiser. J'aurais dû te dire, t'expliquer, mais les mots ne venaient pas. Les mots ne venaient plus.

Tu as fini ton verre, puis tu as planté ton regard dans le mien, et tu m'as dit : « Je m'en vais ! » Je ne l'ai pas entendu tout de suite, je n'ai pas compris le sens des mots, j'ai juste tenté un geste tendre, un peu comme on se raccroche à une bouée pour ne pas sombrer.

Ton image a instantanément disparu quand a retenti la sonnerie stridente du téléphone fixe. J'ai décroché machinalement. J'ai reconnu la voix mielleuse de l'amoureux transi et lui ai raccroché au nez brusquement, sans un mot. Hagard, la tête en vrac, j'ai traversé les unes après les autres les pièces de cette maison que je n'habitais plus vraiment et qui semblait être devenue l'antichambre des enfers. Quand mettras-tu un terme à ce supplice, Marianne ? Je t'en prie, réponds-moi !

Ensuite, je crois, il y a eu la colère. Elle m'a submergé telle une vague scélérate déversant son intarissable flux de violence. Ma raison a chaviré, et autour de moi, tout s'est mis à vaciller.

En reprenant conscience, je me suis trouvé échoué dans un coin du salon, et j'ai découvert avec stupeur que la pièce était sens dessus dessous. Le sang battait mes tempes, de la sueur coulait de mon front et le long de mon dos. Mes mains étaient tuméfiées et douloureuses, je ne pouvais calmer leurs tremblements. J'ai compris.

Au prix d'efforts considérables, je suis parvenu à me lever et avant d'avoir eu le temps d'effacer les traces de mon fatras, par la fenêtre, j'ai aperçu les phares de sa voiture au bout du chemin.

En quelques secondes, j'étais là-haut, laissant un peu partout les stigmates de mon calvaire.

CHAPITRE 29

Souvent, il faut s'attendre au pire

Avant que ne me gagnent l'effroi puis la haine, j'endurais l'attente comme un supplice, une torture.

Ce furent de longues heures, interminables.

En l'attendant, elle, je me suis appliqué à rendre la maison plus chaleureuse et accueillante. Pour elle. J'ai disposé sur la table basse, juste en face de la cheminée dans laquelle craquaient de belles bûches de chêne, un soliflore où s'épanouissait une somptueuse rose rouge sang dont les pétales de velours soyeux appelaient à la caresse, aussi, deux tasses en grès de Brenne, trouvées sur un stand de vide-greniers, qui attendaient qu'on les remplisse de café chaud. De temps à autre, j'allais jeter un œil à la fenêtre dans l'espoir de la voir arriver. Ensuite, je revenais m'asseoir dans le canapé, scrutant mon portable.

Son mutisme ne faisait qu'accroître mon impatience.

Après avoir compté les soixante-treize petits carrés blancs que contenait la boîte à sucre, feuilleté une revue people qu'avait laissée Cécile, arrosé les plantes, tapoté les coussins du canapé pour leur donner bonne forme, laissé trois messages sur la boîte vocale de Léonor, je me suis planté devant la fenêtre, contemplant les traînées larmoyantes que la pluie dessinait sur les vitres. Puis, nature oblige, j'ai satisfait deux besoins pressants, coupé les ongles de mes mains, bu un café dans l'une des tasses en grès de Brenne, laissé un nouveau message sur sa messagerie, écouté Johny Cash, Kenny Rogers et Willie Nelson, dépoussiéré mon vieux Stetson qui avait plus d'allure sur ma tête qu'accroché à la patère de l'entrée, jeté dans l'âtre d'autres bûches pour maintenir le feu, créé un compte sur Facebook, cherché celui de Léonor – apparemment inexistant – puis supprimé mon compte Facebook, raccroché mon Stetson à la patère de l'entrée, regardé un reportage animalier tout en me coupant les ongles de pieds, ensuite, je me suis de nouveau planté devant la fenêtre, hypnotisé par les entrelacs des petits cercles parfaits que formaient les gouttes de pluie à la surface du lac. Pour feinter l'ennui, j'ai disposé en forme de fleurs, quelques spéculoos dans une petite assiette, bu une autre tasse de café, mangé un spéculoos, puis tous les spéculoos, humecté de salive la pulpe de mon index afin de prélever le reste des miettes dans l'assiette, imploré les forces divines pour que Léonor arrive enfin, versé un peu de bourbon dans un verre, bu quelques gorgées, laissé un autre message sur la boîte vocale de la chère désirée, versé de nouveau du bourbon dans le verre vidé très vite, fait les cent pas devant la fenêtre, je suis allé jusque sur le perron de la maison dans la perspective de voir arriver la petite voiture rouge, puis suis revenu sur le canapé. Je lui ai écrit un autre SMS assaisonné, cette fois-ci, de points d'interrogation, scruté l'écran de mon portable définitivement muet, arrêté la cafetière, lavé l'assiette, la tasse, rangé le tout. Et, l'attente s'est parée d'obscurité. Je n'étais plus que cette silhouette errante entre chien et loup, tel un pauvre diable totalement désemparé.

Dans l'âtre, des flammèches fugaces, tels des feux follets, s'élevaient des braises rougeoyantes en une danse macabre. Derrière leurs crépitements, je pouvais deviner des chuchotis, des petits rires aigus comme des railleries. Je me suis relevé d'un coup et, dans le miroir au-dessus de la cheminée, mon visage m'est apparu, sombre, différent, effroyable.

Avant que ne me gagnent l'angoisse puis la haine, j'endurais l'offense comme un supplice, une torture.

Une lueur d'incendie a traversé mes yeux. Je suis resté debout, face à ce monstre qui attendait que je lui cède un peu d'espace pour prendre ma place.

Tandis que l'angoisse me plongeait dans un abîme d'épouvante, un flot d'effroyables images a envahi mon esprit. Je suis resté immobile, hypnotisé par mon étrange reflet, la gorge sèche, la mâchoire crispée, incapable de détourner les yeux des scènes d'épouvantes qui se succédaient à vive allure.

L'absence a toujours une raison d'être, souvent il faut s'attendre au pire. De plus, les conditions atmosphériques de cette fin d'octobre ne lui étaient pas favorables. Il pleuvait depuis le matin. Le ciel s'assombrissait d'heure en heure. Les routes qu'elle devait emprunter pour venir jusqu'ici étaient peu fréquentées à cette époque de l'année à cause du brouillard, des chevreuils et des sangliers qui déboulaient de nulle part sur les routes glissantes. J'envisageais le pire, encore et encore. Peut-être en panne d'essence, sa voiture arrêtée sur le bord d'une route, à l'orée d'un bois, seule et sans réseaux pour appeler à l'aide. Qui sait ce qu'il peut arriver à une femme seule, sans défense sur le bord d'une route déserte ? À moins que, penchée sur son portable pour lire un de mes nombreux SMS, elle n'ait pas vu sa voiture foncer sur l'énorme poids lourd qui arrivait en face… je ne parvenais pas à chasser de mon esprit les images de sa voiture accidentée et son corps mutilé, ensanglanté. Je suais à grosses gouttes… L'idée de la perdre avant même de l'avoir possédée m'était insupportable. C'est sans doute ce qui m'a poussé à appeler les urgences de l'hôpital le plus proche. « Vous l'avez appelé chez elle, monsieur ? » m'a demandé la standardiste, après m'avoir assuré qu'aucune Léonor Ligné n'avait été admise aux urgences ces dernières 24 heures. Non, ai-je répondu d'un air penaud. Après un court silence, elle m'a rétorqué sur un ton moqueur : « Alors vous devriez essayer, monsieur, elle y est peut-être ! »

En effet, elle y était.

Elle a décroché à la quatrième sonnerie. J'ai à peine eu le temps de prononcer son prénom sur un ton de soulagement, qu'elle avait déjà raccroché.

Après la stupéfaction est venue la colère.

Je me suis défoulé sur tout ce qui se trouvait à portée de mains. Ça a fait du bruit, beaucoup de bruit.

Une fois calmé, il a fallu tout nettoyer. Je n'étais pas pressé, Léonor ne viendrait plus.

J'ai de nouveau fait face au miroir au-dessus de la cheminée. Le visage qui s'y réfléchissait portait les stigmates d'une profonde humiliation. Il me souriait de façon mécanique. Cependant, ses petits yeux enfoncés reflétaient une sorte de froideur mêlée à une soif de vengeance. Il ne pouvait s'agir de moi. Je ne pouvais être à la fois celui qui est vu et celui qui regarde. Je savais qu'une fois que je lui aurais tourné le dos, il continuerait de me fixer et je sentirais le poids de son regard jusqu'à ce qu'il eût obtenu réparation.

À quoi bon penser à des représailles, puisque je sais que j'aurai gain de cause.

Elle viendra, il ne peut en être autrement. C'est écrit. Elle sera mienne. Elle l'est déjà.

Je saurai l'écouter et lui dire les mots qu'elle attend. J'aurai les gestes qu'il faut. Je trouverai le moyen de lui parler de la chose qui se trouve chez elle. Avant, je lui raconterai, ce qui m'est arrivé quand j'officiais dans le laboratoire de thanatopraxie de mon oncle. Juste pour lui prouver que ces choses-là existent, et que nul n'est en mesure de les nier, de les expliquer ou de les combattre.

C'était en mai, un mercredi matin, le 21 exactement, il n'était pas loin de neuf heures.

La veille, j'avais déposé mon oncle à la gare. Il devait se rendre à Paris pour assister à un séminaire auquel était conviée une grande partie de la profession. Ce n'était pas la première fois qu'il me confiait le labo. Ma tante et moi avions pris l'habitude de tout gérer en son absence ; cependant, il ne pouvait s'empêcher de nous faire mille recommandations avant de s'absenter. En le regardant se fondre dans la foule des voyageurs, j'avais eu l'étrange impression que je ne le reverrais jamais plus.

Comme me l'avait demandé ma tante, j'étais arrivé plus tôt pour m'occuper d'un « cas limite » qui était arrivé tard dans la soirée.

Il s'agissait d'un quinquagénaire, retrouvé chez lui, assis dans son fauteuil, devant son poste de télévision. De ce qu'avaient dit les porteurs à ma tante, il était mort depuis plusieurs jours, vraisemblablement d'une rupture d'anévrisme.

Ce matin-là, la lumière blafarde des néons donnait à la pièce aveugle une étrange clarté. L'atmosphère me paraissait différente de celle des autres jours, sans doute à cause de mes insomnies à répétition depuis quelque temps. Nicole m'avait quitté le mois dernier, je ne m'en remettais pas.

Avant de sortir le corps de la cellule réfrigérante, j'avais soigneusement étalé sur une des tables de travail un bistouri, deux crochets, une canule et une paire de séparateurs. Après avoir préparé le mélange de solutions de conservation, j'avais enfilé ma blouse, mon masque et mes gants.

En ouvrant la housse mortuaire, une odeur si forte s'en était dégagée, qu'elle m'avait soulevé le cœur et fait faire un pas en arrière. Elle confirmait l'état avancé de décomposition. Sur un petit bracelet en plastique blanc attaché à son poignet étaient inscrits ses nom et prénom. Son visage était d'une laideur stupéfiante, pourtant aucun des traits de son visage ne suggérait de la souffrance ou de la peur. Les ongles de ses mains étaient noirs de crasse, ses cheveux mi-longs n'avaient pas dû être lavés depuis longtemps. Sa faible pilosité dévoilait une barbe clairsemée, ses bras, ses jambes et son torse étaient parfaitement imberbes. Sur son épaule droite était tatouée une énorme mygale d'un réalisme surprenant, aux yeux rouge sang qui ne cessaient de me fixer. Après lui avoir ôté ses défroques puantes, j'avais plié et déplié ses membres supérieurs et inférieurs pour casser la rigidité cadavérique. Son corps entier était de couleur bronze, auréolé de taches brunes et verdâtres. J'envisageais plusieurs heures de travail pour le rendre présentable.

Ma tante avait frappé à la porte du laboratoire, était entrée et avait disparu après avoir déposé un sac dans lequel se trouvaient les vêtements qui habilleraient le défunt après les soins.

En jetant un rapide coup d'œil, j'y avais découvert une sorte de kimono en soie noire. Je n'étais pas surpris, il n'était pas rare que les familles eussent des exigences pour le moins insolites. Je me souvenais qu'une fois, nous avions dû habiller une vieille dame avec sa robe de mariée.

J'étais concentré pour écarter les chairs au niveau du cou à la recherche de l'artère, quand la porte du labo avait claqué avec fracas, comme si quelqu'un l'avait ouverte puis refermée violemment. J'avais fait un tel bond, que mes instruments m'avaient échappé des mains et étaient tombés au sol dans un cliquetis métallique.

Sûrement un courant d'air, avais-je pensé, ma tante aurait mal refermé la porte en sortant. L'évidente hypothèse me rassurait. J'avais ramassé mes instruments et m'étais remis au travail. À l'aide du crochet, j'extériorisais une petite partie du vaisseau et l'entaillais pour y placer la canule reliée au bidon d'injection. Je regardais le liquide rose s'écouler lentement dans le petit tuyau, quand la porte avait de nouveau claqué et fait vibrer les cloisons. Soudain, les néons se sont mis à clignoter en émettant un bourdonnement inquiétant jusqu'à s'éteindre complètement, plongeant ainsi la pièce dans une totale obscurité. J'étais pétrifié, incapable d'émettre le moindre son pour que l'on me vienne en aide. C'est alors qu'un courant d'air glacé m'a traversé de toutes parts, me laissant tremblant de la tête aux pieds. L'épouvante m'a saisi davantage, quand, sans aucune explication rationnelle, les portes des cellules réfrigérantes se sont mises à s'ouvrir et à se refermer à un rythme infernal. C'est à ce moment que quelque chose d'invisible et puissant m'a propulsé contre le mur. J'aurais voulu fermer les yeux dans un réflexe de survie, mais, malgré mes efforts, ils restaient écarquillés. S'est ensuivie une réaction en chaîne, preuve incontestable que mon corps capitulait sous la terrifiante menace. Mon rythme cardiaque n'en finissait plus de s'emballer. Je suffoquais. Un sifflement strident transperçait mes tympans, je sentais les gouttes de sueur glisser sur mon visage alors que j'étais transi de froid. De violents spasmes me secouaient à intervalles irréguliers.

Je vacillais, j'étais sur le point de perdre connaissance quand une forme indistincte, aux contours flous, s'est approchée de moi. Il n'était pas question d'illusion d'optique, ou d'une quelconque crise délirante, non, parce que la forme menaçante qui se tenait là, à quelques centimètres de mon visage, n'était autre que le spectre du type allongé sur la table. Il avait ce même visage horrible.

Un liquide chaud a coulé le long de mes jambes. Je me sentais partir malgré le vacarme des tables renversées, des bocaux de verres qui explosaient et les hurlements rauques de la chose. La forme tournoyait dans la pièce à la façon d'une tornade, pulvérisant tout ce qui se trouvait sur son passage. Je ne savais pas combien de temps venait de s'écouler. Les bruits ont cessé et les lumières se sont rallumées. La chose s'était évaporée.

En toute hâte, j'ai abandonné le labo. Je n'y ai plus jamais remis les pieds.

Je n'ai plus jamais revu mon oncle, ni ma tante ni mon cousin. Je leur ai écrit une lettre dans laquelle j'expliquais mon départ en évitant de m'épancher sur ce qui s'était passé le matin. Ils n'auraient pas compris et m'auraient certainement pris pour un fou. Alors j'ai menti, prétextant une certaine lassitude du métier, un besoin d'ailleurs.

Parfois, ces images d'horreur me reviennent sans que je m'y attende. La nuit, souvent la nuit. Même si elles n'engendrent plus de crises de panique, je reste terrifié à la simple évocation du mot « fantôme ». Quant à la chose qui se trouve chez Léonor, je suis sûr que Marcel saura nous en débarrasser. Il ne m'a toujours pas rappelé… Voilà plus de trois jours que j'essaie de le joindre sans y parvenir. Il s'est sans doute retiré dans les collines, comme il a l'habitude de le faire, mais là, franchement ça tombe mal.

CHAPITRE 30

Résilience !

La visibilité sur la route devenait difficile à cause de cette pluie qui tombait sans discontinuer, de la nuit déjà franche et des phares aveuglants des véhicules inverses. Les essuie-glaces charriaient de gauche à droite des nappes d'eau ensanglantées par les feux arrière des voitures. La scène reflétait à la perfection mon état d'esprit.

Il va de soi que l'une comme l'autre, nous ne nous serions pas reconnues.

À quoi bon raviver le passé, quand il n'est que blessure ?

J'en étais arrivée à cette conclusion inéluctable seulement après avoir parcouru plus de deux cents kilomètres. Enfin, quand ma décision a été prise – bien que pas assumée –, j'ai appelé l'hôpital pour leur dire que je ne viendrai pas.

Il eût été naturel qu'après ce coup de fil je me sente soulagée, au lieu de ça j'étais pétrie de remords. Je comprenais aussi que ma quête de sérénité – je ne parle pas de bonheur, ce mot m'est étranger – ne dépendait d'aucune condition extérieure, juste de mes pensées, de mes jugements et de mes choix.

Je comprenais enfin que ce sentiment de culpabilité que je traînais comme un boulet était le seul lien qui me raccrochait à elle.

La dernière fois que j'ai vu ma mère, elle était sanglée sur son lit, le visage blanc, les yeux clos, comme une morte. Je suis restée immobile au pied de son lit, fixant sa poitrine qui se soulevait au rythme régulier d'une respiration lente, parfois à peine perceptible. Je ne pouvais détacher mes yeux de son torse. Je ne voulais plus être là, à contempler son immobilité pour rien. Alors j'ai continué de la fixer, le plus intensément possible et pour être avec elle, j'ai calé ma respiration sur la sienne. C'était la seule chose que nous étions en mesure de partager. Les secondes s'étiraient comme des heures dans cet ailleurs. Nous étions reliées l'une à l'autre par ce même souffle, ce même air. Ensuite, la main de Tatiana a serré mon bras et m'a entraînée hors de la chambre. Dans un silence équivoque, nous avons repris le même couloir interminable. La couleur pâle et défraîchie des murs faisait ressortir le gris foncé des portes derrière lesquelles s'échappaient parfois des gémissements, des cris et des plaintes. L'écho ouaté de nos pas s'est évanoui, dès que nous avons franchi le seuil de l'immense hall peuplé de silhouettes disparates. Dehors, la lumière aveuglante du jour m'a fait plisser les yeux. Nous avons traversé le parking à ciel ouvert et sommes montées dans sa voiture avec toujours ce même silence. J'avais quinze ans, et aucun souvenir avec ma mère ; pas même le son de sa voix, ni son odeur, ni sa douceur, ni son sourire, ni la chaleur de ses bras, ni son amour.

Rien. Juste cette dernière image : sanglée sur son lit, le visage blanc, les yeux clos, comme une morte. Pourtant, malgré la souffrance que lui inflige sa terrible existence, il est toujours question de vie, même si la mort attend patiemment son tour, elle n'a pas encore voix au chapitre. Que pourrais-je lui souhaiter ? Qui suis-je pour juger de ce qu'il y a de mieux pour elle ? Je pense qu'il n'y a pas de réponse aux questions que l'on ne peut concevoir…

Je me suis concentrée sur la route tout en luttant contre l'hypnotique mouvement des balais d'essuie-glaces, juste pour arrêter de penser. Je pensais trop, mal et trop.

Peut-être que, comme ma mère, j'étais en train de devenir folle. Comment ne pas envisager qu'elle ait pu me transmettre un peu de sa folie ? D'elle, j'avais déjà un herpès labial qui me déformait la bouche à la moindre contrariété, une chevelure indomptable qui avait découragé plus d'un coiffeur ainsi qu'une certaine propension à la mélancolie. Selon Tatiana nous avions en plus de celles-là d'autres similitudes que je n'ai jamais pu vérifier ; du coup, j'ai préféré les ignorer. Quant à l'héritage génétique de mon père, il se résumait à son front large, ses grands yeux noirs et ce petit creux au centre de mon menton. Tatiana disait souvent que cette petite fossette qui m'allait à ravir n'était autre que l'empreinte du doigt de Dieu.

« J'aurais préféré qu'il me laisse mes parents plutôt qu'il me tripote le menton », avais-je répondu à ma Tante. Ma réplique d'enfant l'avait émue aux larmes, après quoi je m'étais réfugiée dans ma chambre, pleine de colère et de griefs contre ce Dieu que je trouvais cruel et pervers. Je réalisais que cette colère que je ruminais depuis tellement longtemps n'était pas uniquement dirigée contre lui, elle s'adressait à tous ceux qui étaient la cause de mes tourments, à commencer par moi.

J'étais exténuée de rabâcher les mêmes maux, épuisée par la lutte, les heurts.

Harassée par mes jugements à répétition dont le verdict sans appel me condamnait systématiquement à croupir dans ce même marasme puant. Il fallait que ça cesse. Il fallait qu'il se passe quelque chose. Que je trouve le moyen de réparer la petite fille que le mal de ma mère et de mon père avait cassée, pour ne pas dire réduite en miettes. Était-ce utopique ?

Sans doute, changer de vision te donnerait la perspective d'un mieux. Tu serais alors en mesure d'accepter l'immuable et de te libérer de ces carcans. Le temps est venu de la résilience, de la guérison. Il ne tient qu'à toi...

Tu devrais porter ton regard sur ce que le monde a de beau à offrir et prendre le temps de sentir le souffle léger du vent sur ta peau, d'écouter avec attention le chant des ruisseaux quand ils deviennent rivières, de suivre la course lente d'un nuage fragile dans un ciel azur, de saisir au vol le froissement d'ailes de l'oiseau qui s'élève dans le petit matin. Laisse-toi éblouir par les poussières dansantes dans un rayon de lumière, ou encore par le regard enamouré de Jack quand il t'aperçoit... Il faudrait aussi rappeler cet idiot de Robert !

Robert ! Il m'était complètement sorti de la tête !

Je me suis arrêtée à la prochaine station-service pour l'appeler. J'ai prié pour tomber sur sa boîte vocale. Je n'avais ni la force ni l'envie de l'affronter en direct. J'ai été exaucée. Après lui avoir laissé un court message d'excuse, j'ai profité de cette halte pour aller, entre autres, me dégourdir les jambes et prendre un café. Sur la route du retour, me sont revenues en mémoire les belles promesses que je m'étais faites auxquelles j'ajoutais celle de ne plus jamais me trahir.

Il était tard dans la soirée quand je suis enfin arrivée. J'ai garé la voiture à son endroit habituel, sur le côté de la maison. En tournant légèrement le volant, la lumière jaune des phares a inondé une partie de la façade lui donnant une toute nouvelle apparence. Les branches dénudées de la glycine semblaient se déployer en ondulant sur le mur comme de longs serpents. De curieuses formes projetaient leurs ombres inquiétantes sur la porte dont le bleu lavande s'était paré de nuit. Tout ce qui me semblait familier avait disparu. Heureusement, Jack était là, assis sur le perron. Je m'attendais à ce qu'il accoure vers moi comme il en avait l'habitude au moment de nos retrouvailles. Au lieu de ça, il restait immobile, exactement comme il l'était lors de notre première rencontre. Un courant électrique a couru le long de ma colonne vertébrale. J'ai coupé le contact, le moteur s'est tu. Ce n'est qu'à l'extinction des phares que j'ai pris conscience de la densité de la nuit et du silence accablant dans lequel je glissais, impuissante. Je sentais les prémisses d'une peur irrationnelle me monter du ventre. J'avais peur d'avoir peur. J'ai allumé mon portable pour éclairer mes pas jusqu'à la porte d'entrée tout en fouillant ma sacoche pour en sortir les clefs. J'avais l'impression que le temps était figé, et que dans cette espèce d'entre-deux, une force invisible planait au-dessus de moi.

Mes mains aveugles fouillaient le fond et les recoins du sac sans parvenir à trouver le précieux trousseau. Je pensais qu'il fallait vraiment que je fasse installer un luminaire extérieur pour ne plus me retrouver dans ce genre de situation, quand un volet a claqué violemment contre le mur. J'ai fait un bond et dans l'affolement mon sac s'est renversé et son contenu s'est répandu à mes pieds ; le petit tintement métallique des clefs sur la marche en pierre m'a guidée jusqu'à elles.

C'est incroyable comme tu peux être impressionnable. Tu es toujours cette petite fille qui panique dans le noir et qui sursaute au moindre son qui s'en échappe. Il suffit d'un bruit inattendu pour que tu l'assimiles aux prémices d'une scène d'horreur. Quand un chien hurle dans la nuit, tu es certaine de reconnaître celui des Baskerville, et si l'ombre de la branche d'un arbre vient danser sur les murs de ta chambre, tu ne peux t'empêcher d'y voir la main griffue de Nosferatu.

Est-ce le bruit de pas dans le gravier que tu entends derrière toi, qui t'empêche d'introduire correctement la clef dans la serrure ?

Ressaisis-toi ! Entre dans ta maison !

Tremblante et nauséeuse, j'ai enfin réussi à ouvrir la porte.

Jack s'est faufilé à l'intérieur, je l'ai suivi et me suis précipitée sur tous les interrupteurs du rez-de-chaussée pour que la lumière chasse les ténèbres.

Enfin, j'étais chez moi et j'y voyais plus clair.

Je suis allée dans la cuisine donner sa ration de croquettes à Jack, j'en ai profité pour me servir un grand verre d'eau, histoire de me réancrer.

Parfois je me demande si j'ai fait le bon choix en venant me perdre ici.

Je n'avais jamais vécu ailleurs qu'à Paris. À la fin du jour, dans la grande citée, il ne faisait jamais nuit noire et dans aucune de mes flâneries nocturnes je n'ai été soumise à une quelconque frayeur. Partout dans les rues il y avait ces grandes veilleuses aux lumières chaudes et rassurantes. Les façades des immeubles mouchetées de points lumineux révélaient une présence, une vie. Parfois même, de la rue, montaient des éclats de rire, des bouts de phrases de promeneurs noctambules…

Ici, tout est différent. Il n'y a pas de lampadaire, d'immeuble ou de rumeur. Ici, la nuit est d'encre. Ici, le silence est complice de toutes sortes de bruits, de ceux qui donnent la chair de poule. Ici, tout peut arriver, c'est dans l'air, immobile et menaçant. Ici, le mot peur prend tout son sens et c'est avec lui que je vais devoir composer mes lendemains.

J'étais loin d'imaginer la surprise qui m'attendait dans le salon.

Il m'a fallu quelques secondes pour réaliser le chaos qui régnait. La stupeur qui m'a frappée les premiers instants a cédé la place à un sentiment de déjà-vu. Mon cœur battait à tout rompre. Je m'efforçais de reprendre mon souffle pour ne pas céder à la panique. La pièce avait été mise sens dessus dessous. Le contenu des tiroirs et des étagères de la bibliothèque était éparpillé partout sur le sol. Les fauteuils et la table basse avaient été renversés. La chaise de mon bureau qui avait dû être jetée contre le mur avec rage gisait par terre en plusieurs morceaux au milieu des livres et des bris de verre. Seul mon ordinateur portable avait été épargné.

Je me suis assise au milieu de ce capharnaüm, anéantie.

Il ne pouvait pas s'agir d'un cambriolage puisque rien n'avait été volé, et qu'aucune des portes ou fenêtres ne présentait le moindre signe d'effraction. J'étais rapidement montée à l'étage pour vérifier l'état des autres pièces, mais rien n'avait été touché. Et si les intrus n'en avaient pas eu le temps ? Et si j'étais arrivée trop tôt ? Ils étaient peut-être encore là, quelque part, cachés dehors ou dedans. Les bruits de tout à l'heure n'étaient peut-être pas le fruit de mon imagination…

L'évidence m'a glacé le sang. J'ai regardé autour de moi, attentive au moindre craquement. Machinalement, j'ai dégainé mon portable et appelé Robert.

Ensuite, je me suis collée contre le mur, le tisonnier à la main, jusqu'à ce qu'il arrive.

CHAPITRE 31

Jill

Elle était recroquevillée contre le mur, comme un petit animal effrayé qui attend que l'on vienne le sortir de ce mauvais rêve. La peur lui faisait serrer plus fort le tisonnier. Sa main tremblait un peu, sa respiration était rapide et saccadée. Les grosses larmes qui roulaient sur ses joues traduisaient toute l'impuissance et le désarroi dont j'étais la cause.

Je n'étais pas très loin d'elle, et si elle n'avait pas gardé la tête tournée vers la fenêtre, à guetter l'arrivée de son idiot de sauveur, elle m'aurait sans doute vu. Et alors, que se serait-il passé ? Comment aurait-elle réagi ? Se serait-elle enfuie de la maison en hurlant ? ou bien, aurait-elle eu suffisamment de rage pour me fracasser le crâne avec son coupe-feu ? à moins que la peur et l'étonnement ne l'eussent pétrifiée sur place...

J'avais l'étrange conviction d'avoir déjà vécu cette scène. Puis, me revint en mémoire celle presque identique, que j'avais écrite pour Morton. Morton, que j'avais lâchement abandonné au beau milieu d'une histoire et qui languissait que je revienne lui insuffler les mots, les gestes, la vie.

Je me trouvais au premier étage quand il est arrivé.

Par la fenêtre de la chambre je l'ai vu sortir de sa grosse voiture. Il était à la fois auréolé de cette lumière du héros et affolé comme le porc que l'on mène à l'abattoir.

Léonor s'est précipitée pour lui ouvrir la porte ; évidemment, de là où je me trouvais je ne pouvais que les entendre.

À peine avait-il franchi le seuil, qu'un flot de paroles incoercibles a jailli de sa bouche à un rythme effréné. Elle l'a écouté un instant, interdite, puis a mis un terme à son verbiage aussi confus que décousu en lui proposant d'entrer. Ensuite, au ronflement de l'aspirateur, aux bouts de verre que l'on jette dans un carton, je compris qu'ils effaçaient les vestiges de mon passage, de ma colère, de ma jalousie ou de mon manque de toi, Marianne.

Plus tard, dans le silence cotonneux de la pièce nouvellement ordonnée, je les ai imaginés assis l'un en face de l'autre, lui dans le fauteuil, elle dans le canapé – à moins que ce ne soit l'inverse –, un verre de vin à la main, piochant de temps à autre quelques cacahuètes servies dans un petit ramequin. Ils sont restés aphasiques un long moment. Plus aucun son ne montait jusqu'à moi. Ils devaient chacun dans leur coin ruminer un tas de choses. Elle essayait sûrement de se remettre de ses émotions, quant à lui, je me demandais ce que son petit esprit était en mesure d'inventer pour éblouir la belle.

Soudain, elle a brisé le silence en l'interrogeant sur l'énigmatique Marcel, prénom qu'il avait cité à plusieurs reprises lors de sa frénétique logorrhée. Il a mis un certain temps avant de répondre. Les questions de Léonor semblaient le déstabiliser, il restait dans l'incapacité de formuler une réponse claire et précise. Alors que je m'efforçais de trouver un sens à son charabia, Jack est venu me rejoindre dans l'escalier en émettant de petits jappements qui ont alerté Léonor. Il m'a fallu regagner promptement mon bureau.

En passant devant sa chambre, j'aperçus un petit carnet de cuir sur sa table de chevet. Ma main s'en est emparée avant que j'aie le temps d'hésiter. J'ai serré tout contre moi cette petite partie de son intimité et me suis senti tanguer entre excitation et culpabilité. J'avais ce désir si fort de la connaître davantage, elle, qui à son insu me ramenait chaque jour un peu plus à la vie. D'abord, j'ai feuilleté ce carnet dans un ordre aléatoire, m'arrêtant sur un mot, une phrase. Certains passages étaient drôles et habilement tournés. D'autres, beaucoup plus sombres, mais tous aussi bien écrits. Tout ce qu'elle avait vécu depuis son arrivée était consigné dans ces pages. Elle y parlait entre autres de Jack avec tendresse, du verger qu'elle avait vu fleurir de blanc et de rose au printemps de son arrivée. À ses yeux, c'était le plus bel endroit du monde et c'est devant la fenêtre qui lui faisait face qu'elle souhaitait installer son bureau. En marge elle avait annoté quelques idées dans le but de commencer l'écriture d'une nouvelle. Plus loin, elle racontait la singularité de sa tante, l'internement de sa mère, la mort de son père et quelques anecdotes de ce pensionnat où elle a passé la majeure partie de son enfance. Elle y couchait aussi des citations, des fragments de rêves, de cauchemars, des désirs, et parfois des fantasmes. Ces passages-là, je les sautais volontairement, par pudeur, pour elle, pour moi. Il est des portes qu'il ne faut pas forcer.

Parfois, je fermais les yeux pour imaginer ce qu'avait été sa vie avant qu'elle n'entre dans la mienne. Je tournais les pages sans pouvoir me défaire de cette lecture devenue addictive. Je suis tombé sur un passage dans lequel figuraient ses impressions sur les films et romans qu'elle avait particulièrement aimés. J'ai été saisi d'y voir mon nom écrit, là, en noir sur blanc. Le titre de mon dernier roman était serti de trois petites étoiles qu'elle avait elle-même dessinées. J'ai dû relire deux fois pour m'assurer que je ne rêvais pas. Plus loin, j'ai appris qu'elle avait pour projet de se procurer l'ensemble de mon œuvre. J'étais flatté autant qu'abasourdi. J'avoue qu'ensuite, je me suis senti un peu minable. Il était temps que j'aille remettre à sa place ce qui m'avait procuré ce plaisir coupable, quand le mot « meurtre » qu'elle avait rageusement souligné me sauta à la figure.

Ce paragraphe aux phrases courtes et crues racontait sans fioriture toutes les ignominies et tous les affronts que lui avaient fait subir ses anciens patrons, nommés sobrement par les lettres J et G. En plus des humiliations et autres outrages, il était question d'arnaques fréquentes dont ils l'avaient rendue complice. Toute la haine éprouvée se ressentait dans son écriture si fortement appuyée que l'empreinte des mots marquait les pages suivantes.

Ce qui suivait m'a laissé sans voix. J'avais sous les yeux le détail des atrocités infligées à ses bourreaux. Le sadisme dépeint à travers ces lignes aurait sans nul doute fait pâlir de convoitise mon cher Morton. J'avais du mal à discerner le vrai du faux. Était-ce juste une fiction à effet thérapeutique, afin d'assouvir une pulsion vengeresse, ou était-elle vraiment passée à l'acte ?

Les a-t-elle tués ?

Allongé sur mon lit de fortune, je fixais le plafond sans pouvoir me soustraire aux visions macabres qu'avait fait naître cette étrange lecture, quand Jill a surgi du tréfonds de ma mémoire ; un personnage créé sur les conseils de mon éditeur, qui devait, selon lui, permettre au personnage principal d'évoluer. Je ne savais que trop bien, que cette série me demanderait de relever de nouveaux challenges. Quelques jours après notre conversation, j'étais revenu vers lui pour lui présenter Jill, comme l'alter ego de Morton, un peu à la façon de Charles Starkweather et Caril Fugate, couple de tueurs en série ayant défrayé la chronique aux États-Unis dans les années 60. Cet embryon d'idée l'avait tellement emballé, qu'il était allé jusqu'à me proposer une avance sur mes droits pour m'inciter à me mettre rapidement au travail.

Juste avant de n'être plus capable de rien, j'avais vaguement commencé le premier chapitre du nouvel opus, dans ce même bar où j'avais laissé Morton : « Il était assis dans l'angle, au bout du comptoir, ce qui lui assurait une parfaite vue d'ensemble sur la salle et sur ceux qui entraient ou sortaient. Il commanda son troisième shot de rhum, quand une femme à la chevelure brune et sauvage vint s'asseoir tout près de lui sans lui prêter la moindre attention. Elle ne devait pas être mal, pensa-t-il, et il continua à l'examiner d'un regard oblique. »

Ce souvenir précis m'a fait saisir dans l'effroi, combien Jill et Léonor étaient identiques en tous points. L'une était le parfait reflet de l'autre.

Soudain, tout s'est retourné. Le monde s'est dissous. Tout est devenu trouble et chaos. L'angoisse m'asphyxiait en serrant ma gorge, mon cœur donnait de violents coups dans ma poitrine et provoquait des ondes de choc qui se répercutaient jusque dans mon crâne.

J'étais pareil à un tronc d'arbre charrié par les remous bouillonnants d'une rivière folle que l'orage avait sortie de son lit. Son courant écumeux m'emportait vers une inexorable démence.

J'ai cherché désespérément quelque chose à quoi me raccrocher, un souvenir, une sensation, une odeur qui me retiendrait dans cette réalité, celle à laquelle j'appartenais et que je ne voulais pas quitter. La dernière image que j'ai aperçue avant de me laisser emporter par le vide fut ce profil de toi que j'avais gravé sur le mur.

As-tu seulement existé un jour, Marianne ?

CHAPITRE 32

Sueurs froides

Le jour s'est invité trop tôt. J'avais oublié de fermer les volets. J'ai ouvert les yeux avec la désagréable impression d'avoir la tête prise dans un étau.

Il m'a fallu quelques secondes pour réaliser où je me trouvais. Jack avait profité de la situation pour venir se blottir tout contre moi. J'avais la nuque raide et le corps endolori par l'inconfort du canapé. Des images de la pénible soirée me revenaient en cascade.

Je me suis rappelé combien je l'ai trouvé grotesque en l'écoutant se perdre dans ses histoires abracadabrantes. Au début, il était ennuyeux, pathétique, j'ai très vite regretté sa présence. Je n'ai plus supporté ses regards énamourés et ses tentatives d'approche. J'ai perdu patience. Cependant, j'avoue éprouver quelques remords en me souvenant de la brutalité avec laquelle je l'ai congédié. Je ne sais plus comment tout ça s'est terminé.

On ne revient pas en arrière. Il est fort probable que je n'entende plus jamais parler de Robert François.

J'ai écrit une bonne partie de la nuit et fini la bouteille de vin que nous avions à peine entamée. Son cadavre expliquait mon état vaseux.

Je suis restée un long moment sous le jet d'eau brûlante. Je sentais tous les bienfaits de l'eau chaude sur ma nuque douloureuse et le reste de mon corps. Son clapotis mélodieux comme une pluie d'orage a réussi à atténuer le vacarme dans ma tête. La salle de bains a pris des allures de sauna. J'ai essuyé du coin de ma serviette, la vapeur qui avait obscurci les carreaux de la fenêtre, derrière laquelle l'automne n'en finissait plus d'étaler ses rouges et ses jaunes. Un vent d'Ouest déchirait les épaisses volutes grisâtres qui s'échappaient de la cheminée de la ferme de Léon. Bach jouait la suite pour orchestre numéro 3. Tout paraissait calme, au-dehors.

Depuis les premiers jours de ma vie ici, qu'il pleuve ou qu'il vente, chaque matin, protégée par l'avancée du toit, je viens m'asseoir sur ce petit banc de pierre, face au verger, avec une tasse de café. Ce matin, il faisait plus frais que les jours précédents, j'ai dû écourter mon sacro-saint rituel.

Je n'avais pas eu le temps d'imaginer ce que serait ma journée, qu'on a tambouriné à la porte. Je me suis demandé qui pouvait bien venir me rendre visite de si bon matin. Le facteur, un livreur, un représentant, la police peut-être ?

Je m'étais trompée. Celui qui se tenait debout, droit comme un i, sur le perron, n'était autre que Léon, le vieux fermier. Du haut de son mètre soixante –, il n'était question que d'une estimation approximative, je le dépassais d'au moins deux têtes –, il m'a adressé un bonjour mal articulé. Il a retiré son béret et s'est mis à le tortiller nerveusement en s'excusant de me déranger. Je pensais qu'il était venu me dire de bien vouloir écouter la musique moins fort, surtout passé minuit, mais non, il s'agissait apparemment de tout autre chose. Ses mots se bousculaient et avaient du mal à faire sens. L'effet de surprise m'a fait marquer un temps d'arrêt. Là encore, j'ai eu le sentiment d'avoir déjà vécu cette scène. L'histoire allait donc se répéter ad vitam aeternam ? J'ai remarqué qu'il était incapable de me regarder dans les yeux. Sa confusion était palpable, et avant qu'elle ne soit contagieuse, je l'ai poliment invité à entrer. À quoi fallait-il que je m'attende, cette fois-ci ? Après ce que j'avais vécu la veille, j'étais en droit de me poser la question.

Il a frotté longtemps ses pieds sur le paillasson en regardant autour de lui, l'air inquiet. Il n'était pas encore dix heures. Je lui ai proposé une tasse de café qu'il a volontiers acceptée et qu'il a sucrée plus qu'à raison. Longtemps il a fait tourner la cuillère dans la tasse. Je l'observais, perplexe, dans l'attente qu'il me délivre enfin son message, puis me suis raclé la gorge, comme pour lui rappeler que j'étais là. Il a levé le nez de sa tasse, m'a fixée et m'a dit sur un ton professoral :

– Vous savez, ce n'est pas des morts qu'il faut se méfier, mais des vivants ! Ils ont raconté tellement de sottises au sujet de cette maison…

Je me suis demandé si ce que je venais d'entendre n'était pas le fruit de mon imagination altérée par les derniers évènements. Il a porté la tasse à ses lèvres et en trois gorgées, l'a vidée. Puis il l'a reposée doucement. Il a balayé la pièce du regard en prenant une grande respiration, comme pour se donner du courage…

– C'est arrivé deux ans avant que vous ne veniez vivre ici. Avant que cette maison ne soit la vôtre, c'était celle de Marianne et Joseph. Des gens de votre génération, vous voyez ?

Non, évidemment, je ne voyais pas, mais j'avais tout intérêt à me taire si je voulais connaître la suite, alors j'ai incliné la tête en guise d'acquiescement.

– Marianne était musicienne et chanteuse. Son métier la faisait voyager partout dans le monde, elle est allée en Amérique, en Chine et au Japon ! Vous vous rendez compte ? Un jour, elle a joué du piano pour moi, eh bien, je vous jure que ça m'a fait quelque chose… Joseph, quant à lui, était écrivain. Je ne sais plus à quelle occasion il m'a offert l'un de ses livres, il l'a même signé. Moi je m'en fichais pas mal, mais lui, il avait l'air de beaucoup y tenir. J'ai commencé à le lire, puis très vite j'ai arrêté, c'était trop… sombre, vous voyez ? avec beaucoup de suspens. Il y a un nom pour ça, comment est-ce qu'on dit déjà ?

– Des thrillers, dis-je en souriant.

– Oui, c'est ça !

Puis il s'est mis à rire, comme pour masquer une sorte de gêne. C'est à ce moment que m'est revenu en mémoire ce que m'avait raconté Robert au sujet des anciens habitants. J'allais lui demander le nom de l'auteur en question, quand il a enchaîné…

– Vous savez, moi je ne lis que le journal. Ça ne veut pas dire que c'était un mauvais écrivain, parce qu'il était quand même connu dans la région, sans doute davantage dans les grandes villes, là où tout se passe… Enfin, je dis ça, mais je n'y connais pas grand-chose…

Il s'est tu quelques secondes, le regard dans le vide, puis a repris.

– Il n'y avait rien à redire, vous savez ! Ils étaient gentils, des jeunes gens corrects. On se voyait de temps à autre. Vous ne le savez peut-être pas, mais le chien que vous avez récupéré, c'est moi qui leur ai donné.

– Ah ! Ai-je dit, étonnée, vous connaissez bien Jack alors ?

– Si je le connais ? Je l'ai vu naître. Ma chienne Lily était déjà vieille, mais la bougresse a quand même réussi à mettre bas une dernière fois. Deux chiots, qu'elle a faits ! L'autre est mort-né.

J'ai pincé les lèvres, pour lui signifier ma compassion. Il m'a regardée, intensément, puis a continué.

– C'est elle qui voulait un chien. Lui, il était tellement amoureux de sa femme, qu'il aurait fait n'importe quoi pour lui faire plaisir. Ils sont venus le chercher un après-midi de mai, je crois. Du coup, de temps en temps je venais leur dire un petit bonjour et j'en profitais pour prendre des nouvelles de la bestiole. Je ne voyais pas souvent Joseph, il était toujours là-haut à écrire ses livres. Quand la jeune dame était là, je veux dire Marianne, on parlait de tout et de rien, des angoisses qu'elle avait quand elle entrait sur scène, des nuits passées sur la route, des hôtels, des aéroports… elle me racontait des anecdotes, c'était bien, ça me faisait passer l'ennui. Elle était gentille et d'une grande beauté. Jack l'aimait beaucoup. Quand elle était là, il la suivait partout, fallait voir les fêtes qu'il lui faisait quand elle revenait, et quand elle partait, il restait couché sur le seuil avec l'œil triste…

Il parlait de Jack avec une sorte de trémolo dans la voix. Soudain, l'idée qu'il soit venu uniquement dans le but de le récupérer m'a traversé l'esprit. Malgré toute la pitié qu'il m'inspirait, – je n'en suis plus vraiment sûre –, il commençait fortement à m'exaspérer. Je le voyais venir avec sa solitude. S'il pensait pouvoir m'enlever Jack à force de plaintes, il se mettait le doigt dans l'œil. Afin de cacher l'agacement qui me gagnait, je l'ai interrompu le temps d'aller dans la cuisine, de me calmer un peu, et d'en revenir les bras chargés d'un plateau sur lequel j'avais disposé deux verres, une bouteille de jus de fruits et un paquet de gâteaux secs.

C'est gentil, Mademoiselle Léonor, me dit-il tandis que je remplissais son verre.

Sans le regarder, j'ai osé la question qui me brûlait la langue.

– Vous êtes venu pour Jack ? je veux dire, vous êtes venu pour le reprendre ? Ai-je demandé, naïvement.

Il a manqué de s'étouffer et a reposé à temps son verre sur la table.

– Non, mademoiselle, rassurez-vous, je ne suis pas venu pour Jack.

– Ah, parce que vous allez trouver ça idiot, mais je m'y suis vraiment attachée.

– Non, ne vous inquiétez pas, ce n'est pas pour cette raison que je suis ici. Il a l'air bien avec vous, puis entre nous, je sais ce que c'est que d'être seul. J'ai perdu ma femme, il y a plusieurs années. Nous n'avons pas eu d'enfant. Mon chat et mes poules sont en gros les seuls êtres qui m'accompagnent dans cette fin de vie. Heureusement que je les ai…

Un sentiment de honte m'a submergée. Dire que cet homme vivait à trois cents mètres en contrebas de chez moi et jamais, jamais l'idée ne m'avait effleurée de passer, ne serait-ce pour lui dire bonjour. Même si je ne garde pas un souvenir ému de sa première visite – je l'avais trouvé extrêmement indiscret –, je suis obligée de reconnaître qu'il a eu la courtoisie de venir se présenter. Je me suis jetée sur le paquet de gâteaux que j'ai ouvert frénétiquement, comme pour cacher ce malaise qui devait se lire sur mon visage. Je lui ai tendu les biscuits qu'il a pris avec envie. Il m'a remerciée d'un sourire, puis a enchaîné.

– Dites, vous aimez les œufs ? Les œufs frais, il n'y a rien de mieux ! Je vous dis ça parce que mes poules sont de remarquables pondeuses, elles m'en font tous les jours ! Bien sûr, pour moi qui suis seul, c'est beaucoup trop ! Si vous voulez, je pourrai vous en monter quelques-uns ! Rassurez-moi, vous n'achetez pas ceux des grandes surfaces, j'espère ?

De nouveau, il me fixa avec ce drôle de regard inquisiteur. Pour éviter qu'il nous perde encore dans des digressions à n'en plus finir, je lui ai fait part en quelques mots, de mon aversion pour l'élevage en batterie et pour la maltraitance animale de manière générale.

– Excusez-moi, Léon, mais quelle est cette chose si importante que vous étiez venu me dire ? vous vous souvenez ?

Il a plaqué sa main sur son front, comme s'il cherchait à mettre de l'ordre dans ses idées. Puis il a repris le cours de son récit. Sa voix avait changé, elle était plus sombre.

– Comment dire… Les derniers temps, ils se disputaient beaucoup. Marianne et Joseph. Lui, je crois qu'il forçait un peu trop sur la bouteille, si vous voyez ce que je veux dire… Sûrement parce que Marianne était de plus en plus absente. En voyage. Un soir, tandis que je faisais mon tour comme d'habitude, j'ai vu un taxi monter dans le chemin, elle était assise à l'arrière, on s'est salués. Ce devait être aux alentours de cinq heures, le jour commençait à décliner. J'étais content de la voir, du coup je suis vite rentré à la maison pour lui monter quelques œufs frais. À ma grande surprise, le taxi n'était pas reparti. Il attendait. J'étais pratiquement arrivé devant chez eux, quand j'ai entendu des cris. C'était la voix de Joseph, il avait vraiment l'air furieux. Je me suis dit que ce n'était pas le moment d'aller les embêter, alors j'ai rebroussé chemin. J'ai pensé qu'il s'agissait d'une nouvelle querelle et que ça finirait par passer. Mais, je n'avais pas fait dix mètres, que les cris ont repris de plus belle. Ils faisaient un de ces vacarmes ! J'avais l'impression qu'ils cassaient tout dans la maison. Pour ne rien vous cacher, j'étais inquiet, alors je me suis caché derrière la haie et j'ai attendu. Je peux vous dire que ça a duré un moment. Ensuite, plus rien. Juste un grand silence. Je craignais qu'il soit arrivé un malheur, j'étais vraiment tracassé, je ne savais pas quoi faire. J'ai pris mon courage à deux mains et au moment où je m'apprêtais à aller voir ce qui s'était passé, j'ai vu Marianne sortir de la maison. Elle était en larmes. Elle portait une grosse valise et un sac de voyage. Quand le taxi a démarré, Joseph l'a poursuivi en hurlant comme un fou. Je vous jure que ça m'a serré le cœur. Évidemment, je comprenais ce qui se passait. Elle le quittait. J'avais vraiment de la peine de les voir se déchirer comme ça. Plus tard, j'ai su qu'elle était partie pour quelqu'un d'autre. Un musicien comme elle. Qu'est-ce que voulez, aujourd'hui les gens se quittent pour un oui pour un non. De mon temps, quand on épousait quelqu'un c'était pour la vie. Enfin, c'est triste, il n'y a pas à dire, c'est la vie moderne qui veut ça.

J'étais interloquée. Lui semblait triste et épuisé par sa longue tirade. Il vida son verre de jus de fruit d'un seul trait.

– Comment ? Comment vous savez tout ça ? Qu'elle l'a quitté pour quelqu'un d'autre ? lui ai-je demandé, intriguée.

– J'y viens, j'y viens… m'a-t-il répondu de plus en plus fébrile.

J'ai attendu un moment que Joseph soit calmé. Il était dans un tel état ! Je ne voulais pas me prendre un mauvais coup. Vous savez, à mon âge je ne tiens plus aussi bien sur mes jambes qu'avant, alors j'ai patienté et suis revenu un peu plus tard dans la soirée. C'est là que je l'ai découvert. Et ce que j'ai vu, Mademoiselle Léonor, m'a marqué pour le restant de mes jours…

– Mais quoi ? Qu'avez-vous vu ?

– Lui. Pendu ! Il s'était pendu !

– Quoi ? Comment ça ?

Il m'a regardée, l'air ébahi, comme si ma question n'avait aucun sens.

– Ben avec une corde, pardi ! il s'était pendu, voilà tout ! Il se balançait au bout d'une corde qu'il avait accrochée à une poutre du salon ! Il venait de le faire, je pense. Alors j'ai fait comme j'ai pu, j'ai ramassé la chaise qu'il avait renversée, je suis monté dessus et j'ai coupé la corde avec mon Opinel. Il est tombé au sol comme un gros sac de farine. Ensuite, j'ai écouté son cœur, j'ai vu qu'il était vivant, je lui ai retiré la corde qu'il avait autour du cou. Il a repris connaissance. Il toussait, toussait, si vous aviez vu ça ! je lui ai passé de l'eau sur le visage en lui disant qu'il avait eu de la chance, beaucoup de chance. Je peux vous dire que quand il a ouvert les yeux, j'ai ressenti un grand soulagement…

Je n'ai pas posé de question, je lui ai proposé d'aller à l'hôpital, pour vérifier que tout allait bien, mais il n'a rien voulu savoir. J'ai hésité, croyez-moi ! j'ai hésité à appeler les pompiers, mais allez savoir comment il aurait réagi ? Je n'étais pas tranquille, je craignais des représailles, vous comprenez ? Il avait dit non, ma foi, je l'ai écouté… Ensuite, je suis parti, ça m'avait tout retourné, je n'ai rien dormi de la nuit.

Comme je craignais qu'il ne recommence ses bêtises, je suis passé le voir tous les jours, avec à chaque fois, cette peur au ventre de le retrouver mort. Je lui portais à manger, un peu de soupe, vous voyez… C'est lui qui m'a dit que Marianne avait un autre homme dans sa vie et qu'elle était enceinte, mais pas de lui, de l'autre, de celui qui lui volait son amour. Pauvre homme.

La semaine d'après, il m'a dit qu'il allait mieux et m'a demandé de ne plus passer. Certains soirs, il m'a semblé l'apercevoir traîner vers le poulailler. Il venait prendre des œufs. Il venait se nourrir, quoi… Du coup, je le laissais faire. Parfois, je posais dans une assiette un morceau de pain ou un bout du fromage. Mais je n'intervenais plus. Je ne montais chez lui que pour nourrir le chien. Joseph était devenu très bizarre, vous savez. Il avait l'air d'un fou errant. Il me faisait peur. Puis, ça s'est arrêté. Il n'est plus venu, j'ai même cru qu'il était parti. En fait, maintenant que j'y pense, ça correspond à votre arrivée !

– Quelle histoire incroyable ! Il s'est passé des choses bien étranges ici, apparemment ! ai-je conclu en me levant, dans l'attente qu'il finisse par se lever à son tour. Le peu de patience qu'il me restait fondait comme neige au soleil.

– Vous étiez au courant ? m'a-t-il demandé, en ouvrant de grands yeux.

– Non, Léon, absolument pas, comment l'aurais-je été ? Néanmoins, je reste persuadée que le merveilleux comme l'effroyable cohabitent dans toutes les maisons du monde. Ils se fondent dans la pierre, dans le bois, dans les murs. De la cave au grenier et restent à jamais figés dans le passé. À présent, il n'y a plus rien à craindre. Vous ne croyez pas ?

Il a froncé les sourcils, comme si je l'avais blessé. Pour effacer tout malentendu, et lui signifier que notre entrevue touchait à sa fin, je lui ai promis de lui rendre visite très prochainement.

À la force de ses bras, il s'est hissé péniblement du fauteuil dans lequel il s'était enfoncé. Une fois debout, il m'a suivie dans l'entrée à petits pas de vieux. Je me sentais un peu coupable de le chasser comme ça, lui qui était venu pour passer l'ennui, comme il dit. J'ai tâché de le rassurer en lui disant que le Joseph dont il avait sauvé la vie devait sûrement être très loin d'ici aujourd'hui et probablement heureux…

En me retournant vers lui, j'ai constaté avec surprise que mon visiteur s'était immobilisé au milieu du couloir. Je l'ai interrogé du regard. Il a fait une espèce de grimace, comme si quelque chose l'avait contrarié. Son regard était d'une telle intensité, qu'il en devenait dérangeant.

– Léonor, ce que j'étais venu vous dire, c'est qu'il est toujours là ! La pagaille dans votre maison, c'est lui ! Je l'ai vu faire l'autre jour dans votre salon ! C'est pour cette raison que je suis venu vous voir ce matin, pour vous dire qu'il rôde toujours dans le coin.

Il a saisi ma main sans que je m'y attende. J'étais incapable de bouger.

– Faites attention à vous ! Fermez votre porte à clef et prévenez la police. Je vous assure, il avait l'air d'un fou ! On ne sait pas de quoi sont capables les fous…

Il m'a lâché la main, m'a saluée, s'est coiffé de son béret et a quitté la maison sans même se retourner.

J'ai senti des picotements jusque dans le bout de mes doigts, une sueur froide a inondé mon front et mes tempes. J'ai vaguement articulé un merci. Je suis restée sur le seuil de la porte à le regarder s'éloigner jusqu'à ce qu'il disparaisse complètement. J'étais seule avec ma peur, et ma colère, alors mon cœur s'est mis à battre plus fort. Encore plus fort.

Tu as basculé ! Tu as recommencé...
Il ne s'est pas éloigné dans le chemin. Tu le sais bien !

CHAPITRE 33

Des jours pourpres

Jill et Morton m'ont tenu éveillé jusqu'à ce que le jour allume la petite lucarne. Je suis à la fois émerveillé et stupéfait face aux dizaines de pages noircies qui jonchent ma table de travail. Comment ai-je fait pour écrire autant ? Je n'en reviens pas. Cependant, une fois le tout relu, je sais qu'une bonne partie voire les trois quarts finiront à la poubelle. Il en a toujours été ainsi. Il ne suffit pas d'avoir la mine bien taillée pour écrire, il faut aussi une lame suffisamment aiguisée pour tailler dans le gras.

J'ai enfin quitté mon fauteuil devenu objet de torture, pour détendre mon corps engourdi et douloureux. À travers la lucarne, le gris perle du ciel accentuait les palettes verdoyantes des collines encore touffues. Ma nuque était douloureuse. La campagne semblait sortir doucement de son état de léthargie, drapée dans le mélancolique automne. Mes jambes étaient ankylosées. J'ai laissé vagabonder mon regard jusqu'à ce qu'il percute la silhouette de Léonor, affairée à creuser un trou entre les deux pommiers jaunes. Mes mains, mes doigts étaient raides. D'un geste sûr, elle a planté la pelle dans le monticule de terre fraîche et est retournée vers la maison. Je ne lui connaissais pas cet attrait pour le jardinage… elle a réapparu quelques minutes plus tard, trainant par les pieds un corps inerte.

Une personne normalement constituée aurait sans aucun doute, été prise de sidération, face à pareille vision. Il va de soi qu'une fois le choc dépassé, cette même personne aurait dévalé l'escalier à toute vitesse, bondi sur la porte et se serait enfuie sans demander son reste. Loin, elle aurait sûrement prévenu la police en racontant l'horreur dont elle avait été le témoin… oui, une personne sensée aurait probablement réagi ainsi. En ce qui me concerne, j'étais incapable de bouger. Je suis resté immobile, absorbé par la scène, comme si elle se jouait dans ma tête.

Car enfin, ce qui se produisait sous mes yeux ne pouvait qu'être le fruit de mon imagination. Je devais dormir, voilà tout. Certains songes côtoient l'étrange familier. Ils semblent bien plus authentiques que ce qu'il nous est donné de vivre. Mes rêves, je le sais, débordent parfois dans la réalité. J'avais trop écrit, trop fantasmé.

Léonor s'est arrêtée un instant pour reprendre son souffle, discrètement, je continuais de l'observer du coin de la lucarne. Elle a tiré le corps jusque sur le bord de la fosse, et du bout du pied, l'a fait rouler dans le trou. Juste avant que la bouche béante ne l'avale entièrement, j'ai reconnu l'agent immobilier.

Je n'ai ressenti qu'un petit tressaillement, là, tout au fond de moi, à peine perceptible. Rien de plus. Mes épaules ont craqué, mes chevilles aussi.

Elle a jeté un œil rapide dans la fosse, puis s'est empressée de la reboucher.

En s'aidant du dos de la pelle, elle a tassé le monticule de terre meuble qu'elle a recouvert d'un amas de branches et de feuilles mortes. À la voir officier ainsi, il est certain qu'elle n'en est pas à son coup d'essai. J'étais totalement fasciné. Mon corps froissé par la longue nuit se dépliait enfin. Jack, en la rejoignant, s'est mis à renifler la longue traînée de sang qui partait de la cuisine pour venir mourir devant la tombe. Avec la pluie qui menace, elle aura bientôt disparu.

Léonor a chassé Jack en tapant dans ses mains et est retournée à grands pas vers la maison. Le verger a instantanément retrouvé sa sérénité comme si rien ni personne n'était venu la troubler. Le croassement d'un corbeau a lézardé l'instant.

Chateaubriand disait : « Les vivants sont pressés de jeter le défunt à l'Éternité et de se débarrasser de son cadavre. »

Morton et Jill me hantaient encore. Eux ne creusent pas de trou pour y jeter leurs victimes. Ils prennent le soin de les découper en morceaux et se contentent de les balancer dans une rivière ou sur une voie ferrée…

Il m'a semblé l'avoir entendue monter, j'en ai eu confirmation en entendant le bruit de l'eau qui coulait dans la douche.

J'ai quitté le grenier et avancé doucement dans le petit couloir. Sur son lit, des vêtements jetés en vrac attendaient près d'un sac de voyage en cuir souple, largement ouvert. Elle allait partir. Où ? Combien de temps ? Cette idée m'était insupportable. Il fallait que je trouve le moyen de la retenir.

Je ne suis pas allé la regarder dormir cette nuit. Je ne l'ai pas sentie, humée, frôlée. Je me suis privé d'elle et ça me fait comme un trou dans la poitrine. Je suis remonté me cacher, troublé par ce nouvel émoi. Léonor, mon Elvire.

Plus tard, elle est revenue s'asseoir sur le petit banc de pierre qui fait face au verger, une tasse de café à la main, comme elle a l'habitude de le faire chaque matin. Comme si de rien n'était. Je l'ai observée encore et encore, et en dépit de tout, je me suis mis à l'aimer, elle, et toutes les fêlures qui font sa nature. Ce sentiment d'une si surprenante puissance me tenait en transe et poussait dehors les souvenirs de celle que j'attendais, comme le nouveau jour pousse la nuit vers d'autres ténèbres.

Quelqu'un a frappé à la porte. Elle s'est précipitée pour aller ouvrir. De l'escalier, j'ai reconnu la voix du vieux Léon.

Je m'étais installé sur la plus haute des marches, d'ici personne ne pouvait me voir. D'ici, je pouvais presque tout entendre. J'étais curieux de connaître les raisons qui avaient poussé le vieux Léon à se rendre chez Léonor de si bon matin. S'il était venu plus tôt, il l'aurait sûrement surprise creusant une tombe, ou traînant ce pauvre Robert jusqu'à sa dernière demeure.

Elle l'avait invité dans le salon, avec, je suppose, cette même envie de connaître les raisons de sa venue.

Puis il s'est mis à parler, à raconter.

Au fil de son étrange récit, des bouts de vies incomplets, comme les images fractionnées d'un kaléidoscope dansaient devant mes yeux embrasant ma mémoire dans un grand incendie.

Ces brusques reviviscences me ramenaient au point de départ, c'est-à-dire, à l'immense vide que tu avais laissé en partant. Mes jambes se sont mises à trembler, mon pouls est devenu plus rapide et autour, tout s'est assombri.

Je me suis rappelé. Tu me quittais. Tu attendais l'enfant d'un autre. Je n'étais plus la prunelle de tes yeux. Tu me laissais seul avec ma passion immortelle. J'étais comme la fleur rouge abîmée dans un champ de blé. J'entends encore mes supplications, je revois tes joues mouillées de larmes. Ma main qui agrippe ton bras, je te vois t'éloigner et disparaître. C'est là, mon amour que j'ai pris la vie en grippe… Sommes-nous la sécheresse, la romance ou le dernier coquelicot ? Nous chantions, mon amour, nous étions de connivence, avant. Sommes-nous le souvenir ?

Regarde-moi, écoute-moi Marianne. Je n'ai pas de larme. Il n'y a pas de Mater Dolorosa dans ma voix. Rien, je ne ressens rien. Ni rage ni peine. Plus aucune douleur, aucune peur.

Je laisse partir en poussière la splendeur de ce que nous fûmes. J'invite la lumière à embraser l'obscurité de ton absence. Je laisse aux rivières le droit d'emporter ton odeur, la délicatesse de tes sourires, la brûlure de ta bouche. J'envoie aux étoiles, nos jouissances éclatantes, le tempo de nos cœurs à l'unisson. Je cache sous la terre, nos serments souillés, nos détresses vénéneuses, nos trahisons et nos offenses. Profond. Profond, dans la terre.

Aux ombres qui dansent dans les eaux troubles, je lègue nos éclats de rire, nos voix mêlées, entrelacées sur des rengaines anciennes. Que ce soit vrai ou faux, qu'importe ! Qu'importe ce qui a été ou pas. Puisque tout s'efface.

Le dernier coquelicot, c'est décidé, je le laisse au vent.

En bas, il y a eu un bruit sourd, celui d'un corps qui tombe.

J'entends déjà le crissement de la pierre sur la lame qu'elle affûte. Je savais qu'elle savait où je me cachais. Je l'attendais. J'étais prêt.

J'avais volontairement laissé la porte dérobée entrouverte, pour qu'elle me trouve plus facilement.

J'ai entendu les marches craquer sous ses pas. Son souffle, de plus en plus proche, de plus en plus court.

J'ai fermé les yeux un très court instant, et lorsque je les ai rouverts, elle se tenait devant moi, immobile, sublime et menaçante.

Elle avait le visage maculé de petites taches brunes. Elle a posé contre le mur, le tisonnier dont le bout luisait d'une couleur pourpre.

Elle s'est rapprochée et s'est agenouillée devant moi, comme on le fait pour parler à un enfant, d'égal à égal. Je voyais enfin ses yeux. Noirs, immenses et d'une profondeur abyssale. Elle a repoussé la mèche brune qui collait à son front baigné de sueur. Un long et voluptueux silence nous a enveloppés. Le temps avait suspendu sa course, juste pour nous. Puis, elle s'est relevée brusquement, me laissant là, empêtré et confus.

Quand elle est revenue, elle tenait dans ses mains une serviette en éponge, une paire de ciseaux et un peigne. De nouveau, Léonor s'est accroupie devant moi et délicatement a commencé à raccourcir ma barbe et mes cheveux. Chacun de ses gestes était empreint de délicatesse et de douceur. Je regardais les petites poignées de mes cheveux tomber mollement dans la serviette qu'elle avait étendue sur ses genoux. Je me laissais faire sans bouger, cependant, je ne pouvais m'empêcher de penser qu'il suffisait d'une seconde pour que les deux lames finissent plantées dans mon cou.

– C'est la première fois que je fais ça, a-t-elle dit sans s'interrompre

– Que voulez-vous dire ? Ai-je demandé calmement.

– C'est la première fois que j'élague une barbe ! Ne bougez pas ! reprit-elle, je n'ai pas tout à fait fini.

Je suis resté silencieux pour ne pas la troubler et éviter un geste malheureux. Elle continuait de tailler dans l'épaisse masse de poils. Parfois, je sentais la pointe métallique effleurer mon cou, parfois, elle frôlait mes lèvres. Elle a repris, en évitant soigneusement mon regard.

– Robert, lui, ne m'a pas laissé le choix. Il devenait insistant, affreusement insistant, je ne le supportais plus. Je ne connais que trop bien ce genre d'homme, ils vous hameçonnent avec leur fausse gentillesse, et vous sautent dessus une fois votre confiance accordée ; quant au vieux Léon, il avait remarqué la voiture de Robert. Il m'a posé beaucoup de questions extrêmement embarrassantes, il devenait suspicieux. Dangereux. Il avait compris, je n'ai pas voulu prendre de risque. Vous devez savoir à quoi je fais allusion, vous êtes une sorte de spécialiste en la matière, N'est-ce pas ? … Je savais que vous étiez caché là-haut, Joseph ! J'ai mis un peu de temps à m'en rendre compte, c'est vrai, mais j'ai fini par comprendre. Je vous entendais descendre parfois. Vous vous êtes même offert le luxe de me regarder dormir ! Alors j'ai attendu que vous trouviez le courage de vous présenter… Hélas, vous n'êtes pas venu. Vous savez, j'ai lu tous vos romans Joseph Grimer ! Tous.

Elle a passé délicatement le peigne dans ma barbe élaguée. Elle a eu un sourire satisfait. Ensuite, elle a coiffé mes cheveux en arrière. Puis elle a planté son regard dans le mien, l'instant semblait solennel.

– Vous êtes beaucoup plus présentable à présent. Plus humain. Accepteriez-vous de partir avec moi ?

Elle s'est levée rapidement. Debout, elle avait l'air d'une géante. Elle a enfermé les poils et les cheveux dans la serviette et disparu dans la salle de bains. Je crois lui avoir balbutié un oui timide.

– Vous devriez prendre une douche Joseph ! Je vais vous donner de quoi vous changer. Allez-y maintenant ! A-t-elle crié, il me reste encore quelques détails à régler.

Je me suis exécuté sans broncher. En vérité, je n'avais pas la force physique de lui résister. Plus tard, lorsque je l'ai rejointe dans le salon, elle finissait d'éponger le sang près du cadavre de Léon. Elle avait pris soin d'envelopper sa tête dans un sac-poubelle. Quand elle m'a vu dans l'embrasure de la porte, elle s'est redressée et m'a détaillé de haut en bas dans un silence qui m'a glacé.

– Si vous voulez rassembler quelques affaires, m'a-t-elle dit tout en essorant dans une bassine l'éponge gorgée de sang, je peux aussi vous prêter un sac. Vous l'aurez compris, il faut que l'on quitte cette maison.

Tout en laçant mes chaussures, je lui ai répondu sans vraiment réfléchir que j'aimerais emporter mes carnets, parce que j'avais recommencé à écrire.

– Formidable ! A-t-elle lancé, c'est une excellente nouvelle ! Je n'osais pas vous en parler, mais j'aimerais bien vous lire encore, j'apprends tellement de choses avec vous…

Je lui ai souri. Alors me sont revenues en mémoire les petites étoiles qu'elle avait dessinées au-dessus du titre de mon roman. Puis elle a ajouté :

– Ensuite, nous ramènerons le vieux chez lui. Pour ceux qui le trouveront, il se sera tué en tombant. Il faudra aussi que nous nous occupions de la voiture de Robert, j'ai pensé que nous pourrions aller la garer chez lui. Vous savez conduire ?

– Oui, ai-je dit, éberlué, je crois que je sais encore, pourquoi ?

Elle m'a regardé longuement, comme si elle cherchait une réponse.

– Vous n'aurez qu'à me suivre avec ma voiture ; une fois chez lui, je dépose son tank, et on disparaît avec la mienne. Avant, nous nous arrêterons à une station essence pour remplir deux jerricanes. Nous devons effacer toute trace, vous comprenez ?

Léonor s'est mise à rire comme une petite fille. Elle avait pensé à tout, elle semblait sûre d'elle. Savait-elle seulement que la moindre erreur la conduirait à perpétuité ? Mais ça, je ne pouvais pas lui dire. Pas comme ça.

– Et que comptez-vous faire ensuite ? Et Jack ? On ne peut pas le… je n'avais pas fini ma phrase qu'elle m'a coupé, agacée.

– Évidemment, Jack vient avec nous ! Écoutez, je ne vous demande pas de réfléchir à un quelconque plan. Vous, les écrivains, quand vous avez une idée, il vous faut en général des jours et des jours pour les coucher sur le papier.

Elle a marqué un temps, puis elle a changé le ton de sa voix, comme en guise d'excuse pour s'être emportée.

– Nous ne sommes pas dans un de vos romans, Joseph ! Le temps presse. Allez récupérer vos affaires, je vous attends.

Je suis monté rapidement. J'ai rassemblé mes carnets et les feuilles étalées sur mon bureau et les ai glissés dans ma sacoche.

J'étais comme un automate, totalement dépourvu de conscience. Soumis et obéissant.

Je suis redescendu.

Nous avons glissé le corps du vieux dans le coffre de sa voiture.

Après l'avoir déposé dans sa cuisine en simulant une chute accidentelle, nous sommes retournés à la maison pour récupérer Jack qui nous attendait sur le perron.

Elle s'est empressée de vider les deux jerricanes d'essence dans chacune des pièces. Sur le seuil de la porte, elle a allumé une cigarette qu'elle a jetée aussitôt à l'intérieur de la maison et a couru jusqu'à la voiture de Robert.

La maison s'est embrasée très vite.

Nous avons démarré en trombe, je savais toujours conduire.

Léonor a garé le crossover de l'agent immobilier dans la petite allée, juste devant son chalet, exactement comme elle l'avait prévu. Le tout ne nous a pris un peu moins de deux heures.

Je suis sorti de la voiture pour lui laisser la place et prendre celle du passager, mais elle a insisté pour que je garde le volant. Elle a attaché sa ceinture, a fait quelques caresses à Jack qui était assis entre ses pieds et glissé un CD dans l'autoradio.

– Vous aimez Alain Bashung ? m'a-t-elle demandé en esquissant un sourire en coin. Je vous préviens, chez moi la musique, c'est compulsif. Je peux écouter le même morceau en boucle durant des heures. Là, il s'agit de la version instrumentale de « Sommes-nous ». C'est très beau, écoutez…

Je me suis contenté de lui sourire, parce que plus tôt, j'avais jeté au vent le dernier coquelicot avec tout ce qui s'y raccrochait. Adieu Marianne.

J'ai fait démarrer la voiture et repris la route qui longeait le lac. Une pluie fine commençait à mouiller le pare-brise.

Je savais que rien n'était défini. Rien n'était sûr. Je n'étais pas en mesure d'envisager quoi que ce soit, parce qu'au fond, plus rien n'était envisageable.

Plus d'une heure après notre départ forcé, en sens inverse, ont surgi toutes sirènes hurlantes, camions de pompiers et voitures de police.

Je n'ai pas bougé.

Léonor sait reconnaître la peur quand elle la voit. Elle connaît les petites réactions physiques inévitables, ces mouvements de corps qui trahissent. Elle sait la lire dans les yeux, sur le visage qui se crispe, sur les mains qui tremblent… Moi, je suis resté calme. J'ai juste suivi du regard le cortège des secours dans le rétroviseur intérieur et sur le volant, mes mains sont restées tranquilles.

J'aurai pu freiner, klaxonner ou faire des appels de phares afin d'attirer leur attention. Mais je n'ai rien tenté.

Sur ma droite, le lac, tout simplement immense, gris, comme le ciel.

À croire que tout s'était à nouveau retourné ;

Le lac, au-dessus de nos têtes déversait son trop-plein d'eau, et le ciel que nous longions par la petite route, promenait sur sa surface quelques barques à la dérive.

Dans ma tête, régnait une sorte de sérénité. Ce fameux calme qui survient toujours après le chaos. Tout en moi était apaisé, presque somnolant.

Léonor s'est mise à fouiller dans son sac et en a sorti son petit harmonica. Elle l'a rapproché de sa bouche et embrassé tendrement la face métallique de l'objet.

– C'est tout ce qui me reste de lui. Mon père. Cet inconnu. Tatiana m'a dit qu'un des agents de police l'avait retrouvé à quelques mètres de sa voiture qui n'était plus qu'une carcasse calcinée. J'en ai hérité le jour de mes dix ans. C'est mon seul trésor. J'en joue un peu parfois, j'essaie de faire pleurer les notes, mais en fin de compte, c'est moi qui pleure…

Puis elle s'est tue, le regard perdu vers l'extérieur tout en faisant tourner l'instrument entre ses doigts avec une incroyable dextérité.

Peut-être attendait-elle que je lui demande de jouer quelque chose, mais je n'ai pas osé.

La pluie continuait de tomber, légère, à peine perceptible.

– Où souhaitez-vous que l'on aille ? Lui ai-je demandé.

– Tu vas tout droit, toujours tout droit. On roule jusqu'au bout, jusqu'à ce qu'il n'y ait plus de route. Jusqu'à ce qu'il n'y ait plus rien…

J'ai appuyé sur l'accélérateur.

Devant nous le paysage défilait comme dans la scène finale d'un film.

Elle a posé délicatement sa tête sur mon épaule maigre et inconfortable, redoutant peut-être que je lui reproche cette attitude désinvolte. Au lieu de ça, j'ai passé mon bras autour de son cou pour la sentir plus proche de moi.

Le soyeux de ses cheveux sur ma joue, la fragrance boisée de son parfum me rappelaient quand je venais m'allonger près d'elle, certaines nuits.

Je me suis laissé absorber par cet instant présent, ultime et fugace.

Même si demain n'est jamais sûr, il se peut qu'il soit pourpre, lui aussi.

Je le sais, elle l'a écrit dans son petit carnet, demain, je serai mort.

FIN

DE LA MÊME AUTEURE

Le festin du lézard, Antigone14, 2016.
L'appartement du dessous, Albin Michel, 2019.
L'appartement du dessous, (Poche) Charleston, 2023.

Remerciements

Je tiens à remercier sincèrement : Marc, mon éditeur pour son enthousiasme et sa bienveillance, Nathalie pour son expertise juste et pertinente, Antony pour son talent d'illustrateur, ainsi que toute l'équipe de M+ Éditions.

*

À celles et ceux qui s'offrent le bonheur d'être Lecteur.

M+ éditions
12 rue de la Part-Dieu
69003 Lyon
mpluseditions.fr.

Dépôt légal : mai 2023 N° imprimeur : 052375493

Imprimé en France par Présence Graphique - Monts.